關於幸福的定義：

屋頂的雨落
窗口的葉動
夏日的輕風
看完一本厚厚的書

尋找星星小鎮

復刻版

鄭栗兒——著

這是一個很大的遺憾：我居住的城市的天空很早以前就失去了星星。
星星都到哪裡去了？它們集體出走了嗎？

目次

【新版序】

再次尋找我的星星小鎮

很突然地，九月底、十月初臨去上海授課之前，接到出版社通知說十一月《尋找星星小鎮》復刻版即將印行，也需要再為此書寫一篇序言。

翻閱著過去幾版的封面與內文，以及每一次改版印行所書寫的補記，彷彿記載著我的一章章生命旅程，以及我對人生的見解，如此清晰的一幅星圖軌跡——啊！這就是作家鄭栗兒前半生的地球旅程。

從二〇〇五年離開文學編輯台，比較專心在朝聖旅記和心靈方面的書寫，《最壞的時光》後，我已不再創作城市小說。對於《尋找星星小鎮》這部初小說，不僅是許多讀者的鍾愛之書，於我個人，也是最喜歡的作品之一，和《閣樓小壁虎》同列為鄭栗兒的代表作。

我記得多年前，和同輩作家《鹽田兒女》作者蔡素芬閒聊起這些青春之書時，彼此不免慨嘆：「像這樣的書，以後大概也寫不出來了！」

是的，如果現在再重新書寫，也許整體結構與情節會鋪陳得更純熟，書寫技巧和文字手法也會更洗練，但就是少了那種嘹亮清新的感覺，少了一點「少年聽雨歌樓上」的天真。這樣的天真，不僅僅是我，也是每一個人的曾經。

回想起一九九一年九月十九日開始寫小說的場景，抱著一疊六百字稿紙，有時窩在我的閣樓或者基隆孝二路上一家如今早已關門的二樓咖啡館，一杯桌上的咖啡，一枝筆，一字字爬著格子，沉浸在星星的世界，充滿光的小鎮。當時，我已經懷了女兒以寧，丈夫潘蘇還在南京，七月我們辦好了婚事，每一場婚禮都不同，我們選擇了低調，領好了結婚證當晚，我們在一家THE PIZZA PLACE門口小桌和兩位朋友吃著披薩，喝啤酒，做為慶祝。

這本書，其實是一個告別，告別了我的單身任性，告別了我的女孩時代，書出版時，我已經成為一個母親，接下來就進入至今二十五年的婚姻生活。今年我和先生潘蘇在九寨溝黃龍溪古鎮有一段奇特的經歷，算是二十五週年有趣的紀念。當然，這也意味著《尋找星星小鎮》這本書完成已經長達二十五年了，和我女兒以寧同樣年齡。那些曾經的讀者都也各自從自己的青春、自己的愛情逐漸成長，歷經了歲月流轉，對於幸福的定義，都還一樣嗎？屋頂的雨落，窗口的葉動，夏日的輕風，看完一本厚厚的書……

本來沒有預期這部青春之書會再出版，即使很多讀者仍然關切，於今，我不但是一位文學作家，也步入了療癒之道，成為一位心靈導師。更明白原來所有生命的追求與尋找，就是為了成為這一刻的自己——在愛中，在靜心中，在宇宙的啟發中，順著流走，讓我每一個腳步更加充滿信心和力量。我的人生中從未像此刻，如此充滿著喜悅與快樂，充滿著自信和信任。那個《尋找星星小鎮》中的我，活在屬於自我世界的那個小文青，有著對存在的感性和不願被打擾的疏離，有著對生命的堅持與浪漫，不願苟同於世俗，所有那些「我」的問題，都不再是我的問題了！

對我來說，這本書就像是我的成長印記，也像是一個遙遠的懷念。我記得二〇一四年八月底、九月初，和女兒以寧前往京都旅行半個月，當我與夢想多年的金閣寺初見時，內心十分怦然而激動，原來「她」就是這樣子的，這樣閃亮亮地矗立在我眼前，我忍不住對女兒說：「這個旅程這麼近，而我卻走了這麼久。」一如書中的旅行者乍見滿天星星的夜空，與他久違的內在之夢相遇，與每一個飛到天上化為星辰的所愛重逢。

今年初，好讀出版的鄧總編提起重印此書的想法，她說，一直很喜歡這本書，而且堅持書名要有「尋找」兩個字，因為三版的麥田版書名曾改為《星星小鎮》，她想要正名回原來的《尋找星星小鎮》，我欣然同意。再次「尋找」，意味著不是失而復得，而是它一直都在。不管尋找的時間費時多久，金閣寺、星星小鎮……，最重要是我已經抵達，時間已經不再困擾我了，那只是一個幻相。

最後，以二〇一四年九月二日的一篇京都隨筆，做為這篇序言的結語。

「一夜打窗聲淅瀝，又因閒事長無明。」這是南禪寺的一山國師〈雪中作〉詩偈。

客路京都最美的拈花微笑，是臨濟宗南禪寺，我認爲。不僅僅聽流水聲，也聽松聲，還有四處而過的烏鴉聲。特別是巍峨的三門，是歌舞伎劇碼台詞裡的「絕景」，三門的空門、無相門、無願門，如此巨大，震撼我心。

五分鐘的靜坐，養五分的禪心，則是南禪方丈庭園的枯山水贈予我的靜心之禮。剩下的五分，我留給無限的各種綠，松、苔、楓、草、木……，其實某幾片樹葉，已然轉黃變紅。

我沒有覺得自己來得太晚或太早，錯過了春櫻或秋楓，每一刻都是好時光，生命的青春萌發、斑斕壯闊、枯朽衰落。特別喜歡「侘寂」這個詞也是如此。

但南禪寺帶給我並非侘寂，而是最根本的禪宗精神，祖師西來意東傳至此，我看到了失去的傳承，在這裡的聯結。我靜靜地望著白沙之海，岩石花草的人間天界，那充滿一期一會的人生風光，如許乾淨、優雅，也想起白隱禪師公案中我最愛的一句：「哦！是這樣麼。」

是這樣，正是這樣！春華、秋葉，夏綠、冬雪，就這樣。

感謝好讀出版的夥伴們，茵茵總編及伊婕主編多年來的友誼與支持；期望這部小說能再次發亮、發光，讓我們重新溫習那消逝的一九九〇年代和永恆不逝的純真。

最後，也請我先生潘蘇給予這部重新印行的復刻版一份祝福——祝福每個人都能找到屬於自己的星星小鎮。

——寫於二〇一六年十月十日

★ 尋找星星小鎮

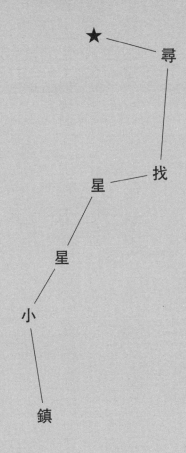

I

這是一個很大的遺憾：我居住的城市的天空沒有星星。正確的說法是：我居住的城市的天空很早以前就失去了星星。

每一個人興趣都不同，我一直住在閣樓，小的時候最喜歡爬到屋頂上看天空和海洋。

那時候天空是藍的，跟海的顏色一模樣，有許多星會在夜晚出現，一閃一閃地發光。以前我都以為星星不會一閃一閃，只是會發光的小球而已，吊在宇宙的頂端，像窗口的風鈴，風來了，輕輕的搖一搖。

什麼時候才發現星星會一閃一閃呢？

那是有一次在長長的堤岸上，看見遠遠黑色山窩，有一大堆星星聚集在那裡，至少有一千顆以上吧！像是一群迷路的星星小孩，手牽著手緊緊的靠在一起，眨著眨著無助的眼睛，一閃一閃，非常引人同情，忍不住有一種想流淚的衝動。

後來的後來，當我長得很大的時候，才知道那一千顆星星原來是山上小鎮的街燈，因為遠望的關係看起來像星星，而一閃一閃只是眼睛的錯覺。很理性的了解這一切後，雖然有一點破壞了夢想，但是無所謂的，我已經大到可以沒有夢想，也能夠活得很好。奇怪！那次以後，我所看到的星星有的也會一閃一閃的。

但是，很久的很久以後，突然一個喝醉酒的黑夜，我不小心抬頭，看見天空盡是灰濛濛的，沒有發現任何一顆星，更別說一閃一閃了，彷彿是遙遠而陌生的國度，我找不到原來熟悉的天空世界，一切冷清極了，我被嚇得酒都醒了，就知道這個驚訝有多大！甚至令我有些懊惱，為什麼要犯下抬頭這個錯誤的舉動。

我愴愴然坐在冷冷的石階上，仰著臉努力的數著：「0、0、0、0……」真的！沒有一顆星星。

之後幾天、幾個月，我把白蘭地的空瓶丟到旁邊，開始當起一名專注的觀察員，無論雨天、晴天，夜晚九點時候，我就開始尋找天空的星星，數著：「0、0、0、0……」

星星明顯的逃走了！

是不是颳起一陣太強的風，把吊著的線吹斷了。星星像非洲的大象群，從沒有水草的地方，全部遷移到有水草的地方。至少留下一些出走的痕跡，那些斷的線應該還懸著吧！或者有類似流星迅速下降的軌跡。

我拿起望遠鏡在天空中搜尋，鏡頭裡出現一團一團迷雲，在東北方有一個黑點，那個黑點是癥結所在吧！我猜臆。

第二天早晨，我又拿起望遠鏡再度瞧個仔細，很失望的，那只是一個房地產工地升起的一只大汽球，放大鏡頭倍數看時，還可以看見汽球上明顯的$標誌，是黃色螢光印上去的。

我找了又找，沒有任何發現，所有的星星都背棄了這個世界，真是令人傷心的，不是嗎？當你努力抬頭仰望天空的時候，再沒有任何星星理會你了！

這是一九八三年發生的事！

一九八三年，我有一頭長的鬈髮，帶著失去養分的枯黃顏色，四十七公斤，在大學裡念著無聊的四年級，喜歡〈Moonlight Flower〉這種蒼白情歌，沒事愛聽校園鐘聲，對於上課卻厭煩得要命。最大問題是：我必須持續這一切的無聊，這是最要命的厭煩，誰叫我一直是很溫馴的！

已經十個年頭過去了！我一頭短的直髮，純黑色的（因為經常修剪的關係），五十一公斤，在一家雜誌社當一名編輯，每天收集旅行的材料，喜歡莫札特、巴哈和舒伯特的古典音樂，沒事愛讀書，對於上班卻厭煩得要命。最大問題是：我依然繼續這一切無聊，無處可逃，因為時間沒有改變我的溫馴個性。

兔子最笨的是牠設了三個窟，讓人猜不著牠真實的行蹤，而事實上每一個窟都令人厭煩得要命！最好的是牠應該一走了之。

兔子說：「你叫我去哪裡？」

既然無處可逃，那麼一九八三年與一九九三年的無聊，執輕執重？說實在，如果叫我再重返一次一九八三年，我是千萬不願意的，那一種可怕的年輕，總是令我畏懼，失去星星的傷痛，一直使我耿耿於懷。

我不願再重返一次一九八三年，就像要你把合起來的疤痕，再掀開看一遍一樣殘忍，然而一九八三年以後，周圍的一切開始有了奇怪的變化，這個變化又太快速了，許多許多的人或許都有些不適應吧！

一九八三年，所謂的速食文化正要萌芽，房地產等待狂飆，工商業日益繁榮，物價指數不斷要上升……我一個星期有五百元的零用錢，可以過得很好了！

冬天時候很適合在學生咖啡店消磨時日，那裡有大把的人潮和暖氣，有便宜的咖啡，可以連續喝兩杯。如果沒有遇上熟人，讀一本《麥田捕手》或者《藝術概論》，是件很棒的事。

下雨天時，人潮更多了，只好花一張戲票錢，看一場電影，那時候倒看了不少電影，《教父》、《鬥魚》、《星際大戰》……還有很多很多，像柏格曼、史蒂芬史匹柏導演的系列影片。文・溫德斯等德國新電影則是以後的事了！

很可惜，當時並沒有把它們全部memo下來，現在再去想時，好像要先敲掉腦子裡那一層厚厚的鏽，也可能不小心順便把記著的事一起敲掉了。

有人利用水晶球或者八卦把一切預言了。

「人們將進入一個絕對的時代，同時用有絕對的富有與絕對的貧窮，絕對的繁華與絕對的寂寞。」

預言者不久就死於絕症，一種很難治療的憂鬱症！

2

綠色山崗上有老鷹在飛翔，一艘沉沒的大輪船，被撈起後廢在通往漁村的彎曲海岸線上，用許多大鐵纜繫住船桅，好像一具沉默的巨鯨屍體，被緊緊綑住，動彈不得，生怕它再活過來一樣，卻成為一種極特殊的展覽景致，許多停泊在附近海域的船隻很容易看見它，所有的水手都緊緊牢記它罹難的位置，以避免重複同樣的擱淺錯誤。沒有水手會為它難過的，它只是一個教訓的標幟，而非傷感的墳墓，不需要刻意去憑弔什麼的。

How many roads must a man walk down

Before they call him a man

How many seas must a white dove sail

Before she sleeps in the sand

How many times must the cannon balls fly

Before they're forever banned

The answer my friend is blowin' in the wind

How many years must a mountain exist

Before it is washed to the sea

How many years can some people exist

Before they're allowed to be free

How many times can a man turn his head

And pretend that he just doesn't see
The answer my friend is blowin' in the wind
The answer is blowin' in the wind

How many times must a man look up
Before he can see the sky
How many ears must one man have
Before he can hear people cry

How many deaths will it take till he knows
That too many people have died
The answer my friend is blowin' in the wind

The answer is blowin' in the wind

在海濱的營火旁，燃燒著熾熱青春，遠遠夜的海浪以白色的唇舐吻著沙灘，夜的空氣涼涼，海面有船火，藍的！

〈Blowin' in the Wind〉被重複一唱再唱，歌聲不是來自「彼得、保羅和瑪莉」，而是「青蛙、猴子和橘子」。他們用報紙包著一隻生的魷魚，劃一根火柴點燃，報紙燒完了，魷魚也燒熟了，傳遞著吃。

「我們在吃鉛魷魚！」青蛙說。

「或者說，我們在吃知識魷魚！」猴子說。

「那一張報紙是影視版和壯陽廣告！」橘子說。

「或者，我們應該去游泳了。」橘子又說。

兩個愛著她的男孩都同意：「好啊！」

他們都走了，留下我和半隻鉛魷魚或知識魷魚或什麼魷魚躺在沙灘上，眼睛閉著，海風吹著，不時傳來他們嬉笑聲音。橘子的身材好極了，在水裡頭她是一條魚，她總是讓男孩忍不住喜愛她，被兩個男孩喜愛的滋味是怎樣，我沒有問過橘子，我有一個很糟糕的個性；很多事還來不及參與，就已經煙消雲散，如果我能凡事在乎一點就好了！我想。

橘子一直是我跨越時空的親密伙伴，我們常在一起吃三色冰淇淋。

3

「哈囉！我是橘子，我現在不在，正在雲層上端的天空飛行著，有什麼事可以找我最好的朋友代勞，她的電話是××××××，你現在聽到的是我的電話錄音！」

橘子竟然把我的電話隨便留給別人，這表示我也必須去度個假，或者乾脆把電話線拔掉算了！

一個很深的夜裡，我讀著一本離奇的法國小說竟然睡著，鬧鐘鈴鈴的把我吵醒，我伸手一按，才發現是電話鈴聲。

「嗨！請問——」沉默五秒鐘，「對不起，妳現在有空嗎？」

一個聲音低沉的男人。

「我在睡覺！」

「那麼，請問，還要讓我等多久？」

「我不知道我要睡多久！」

「難道一點遺憾都沒有嗎？」

「到目前為止，沒有！」

卡嚓！嘟——嘟——嘟——，男人把電話掛了。

因為這一通電話的關係，我第二天上班又遲到了，第十九次的遲到！

在喬琪酒店，枯萎的玫瑰花繼續綻放在充滿灰塵的窗口上，一盆接連一盆，直到把長長牆面的六個窗口排滿為止。

我請英文名Rose的本土玫瑰小姐，把吵鬧的熱門音樂關掉，改放莫札特的〈小星星〉！Rose不贊同，她認為這樣個木造小酒店，又是在港口鬧區，應該要有吵雜歡樂的氣氛，水手們喜歡這一套的！

「我們不應該放兒歌！」Rose很嚴肅地說。

「這不是兒歌！」我也嚴肅地回答。

我非常贊同Rose對氛圍營造的看法，相當具有市場觀念，但是星期一的下午，只有我一個客人，她更應該尊重我這唯一的客人，何況我一再稱讚她的咖啡燒得很好，很有味道！

「沒有人會在酒吧聽古典音樂！」Rose終於找到那張莫札特的古典音樂，那是我特地留在這裡的錄音帶。

我喝了兩杯咖啡之後，橘子出現在酒店門口，臉上塗著東京豔麗的色彩，把頭髮整個挽上去，像《*More*》雜誌上的漂亮女人。

「他有沒有打電話來？」橘子還沒坐下，就急著追問，顯然是很重要的人。

「他是誰？」

「一個男人！」

我想了很久：「聲音低沉？」

橘子點頭！

「在半夜，我睡著了！」

「說些什麼？」

「忘記了！我睡著了！」

橘子陷入沉思的沉默。

「要緊吧?!」

橘子搖搖頭：「他還欠我五萬塊呢！」

我忍不住噗哧一笑。

「喝一杯血腥瑪麗把它忘掉。」

「東西的它？還是人的他？」

「都一起忘吧！」

Rose為橘子調了兩杯血腥瑪麗，一杯是免費贈送。

橘子沒喝之前很冷靜的說：「幸好我沒有嫁給他！」

一口氣，她喝完兩杯酒之後，變得有點激動了：「他沒有說過要娶我！」

過了十分鐘，開始有一些抽噎：「他跟一個女孩結婚，還跟我借五萬塊，我也借他了！」

最後，橘子完全趴在吧檯上了：「十年前，我們根本不必為這些事煩惱的，對不對？那時候我們很耀眼，而我有猴子，和青蛙！」

4

星星死了嗎?為什麼找不到任何逃走的痕跡?

我暗自神傷,在蒼穹下的屋頂斜斜斜的躺著。如果我會一點樂器就好了,我可以為它們奏一曲悼歌,也許我還可以為它們燒一些冥紙,只是死去的星星無以數計,我不知要燃燒多少冥紙?人家會以為我瘋了,或者發燒!

在黑黑的夜之中,我眺望不到遠處的山林,那一排排湖畔參差錯落的黑松樹,堆滿山頭,聽說被一種忘了叫什麼名字的蟲吃死了!多麼殘忍的消息!

松樹沒辦法集體逃走,只好站在原地看著自己的身體被一吋一吋地吞噬殆盡,最後留下壯觀的枯萎顏色,絕望地向世界昭告。

我寧願相信星星是集體逃走的，這樣令我好受一點，星星總是比兔子聰明的！

我拍一拍屁股，掉落一隻毛毛蟲，在空中翻了兩翻，跌到屋頂上，又急急匍匐前進，是一隻純綠色的毛毛蟲，長得像一隻蠶！

「喂！你應該到花園去的！這是屋頂！」

毛毛蟲不理會我，繼續前進，要爬到屋頂的最頂端。

我厭惡生命不斷的象徵，很生氣的又對牠說：「如果你認為你不是一隻花園的毛毛蟲，而是一隻屋頂上的毛毛蟲，那也沒有關係，你將因為缺乏植物而死！」

然後不管牠同不同意，我拿一根樹枝把牠夾到隔壁的廢棄花園。

有一天，牠變成一隻漂亮的蝴蝶，牠會飛過來感謝我嗎？

或許，牠只想當一隻永遠的毛毛蟲而已，而不一定想成為蝴蝶的。

我們都誤解了！就像我們一再被誤解一樣。

5

我搞錯了一件事，那個半夜電話的男人，不是橘子的男人，而是我的男人——熊！

他剛從熱帶的馬尼拉回來，送給我一支牛角，花了五十元披索向一名菲律賓老頭買來的，他的皮膚曬得跟牛角一樣黑。

「我想去馬來西亞，那兒有一大片橡膠園，需要一個工人。」男人大口吃著一客普通的牛排。

通常除了一般名詞之外，我提到「男人」的話，就是指他。

「一大片橡膠園，只需要一名工人？」我吃的是一客特別的牛排。

「更深入一點說，是一名管理員，當然它有好聽的頭銜。」

他的牛排沒有名字。

「很好！你一直擅長管理，把鞋子放到鞋櫃，整齊的，不是凌亂的，把衣服放進衣櫃，把帽子掛在掛鉤上……你一直知道什麼東西要放在什麼位置。」

我的牛排名字叫「腓力」。

我喜歡「腓力」這名字，它讓我想起北海的岬灣，有蔚藍的海、乾淨的空氣、漂亮的水手……，可以在岬灣上的岩岸擺一張木頭圓桌，鋪著白色織巾，外加一頂大大的遮陽傘，然後使用精緻陶瓷茶具，很優雅的喝著下午茶，有一盤巧克力餅乾，邊吃邊喝，再讀一本關於海盜的傳奇故事，不小心卻打來了一道浪，濺濕了桌巾！

「可是，卻不知道該把妳放在什麼位置?!應該說，位置都準備好了，而妳一直不肯待在那裡！」那個沒有名字的牛排現在被他放到胃裡了！

「因為我不是帽子、衣服、鞋子，或者是一塊沒有名字的牛排。」

那張濕了的桌巾必須拿掉，然而只留一張光禿禿的桌子是很難看的！

「最大原因是什麼？」

男人正經八百起來了！那樣子很像牛角下面想像的牛頭。

「房價太高了！我們買不起房子！」

「國宅呢？」

「我喜歡兩層樓的洋房，樓下有一個花園和盪鞦韆，屋頂還可以加蓋一間小閣樓，掛一只銅鈴，風來的時候叮叮咚咚的響。花園要種櫻花，一樓門口還要掛一盆綠色的觀葉植物。」

我放棄那張桌子，因為浪一直打來，下午茶只好索然無趣地結束。

「我們可以一起到馬來西亞！」

「太熱了！而且我會失業的，你知道我最大的興趣就是當一名編輯。」

「下個月就走了！」

「想想看，我再想想看！要花很大的腦筋的。可能要死好幾千隻細胞，而我們並不一定因此而更快樂。」

浪終於停了。

「哈！哈！哈！快樂是什麼？」

「快樂是到小統一吃牛排，去ＫＩＳＳ跳舞，再到錢櫃唱ＫＴＶ！」

「快樂是他送我回家，並跟我說：『妳是我的巧克力！』」

「快樂就是做自己高興的事，也就是為所欲為！」

只有一個很虛偽的說：「快樂是在公車上讓位給孕婦和老先生、老太太坐。」

快樂就是不悲傷，不悲傷卻不一定是快樂。

現代人是很容易快樂的，很容易快樂也無法遏阻日益升高的自殺率、精神衰弱症及憂鬱症！

很感謝這樣一個販賣快樂的電台節目，經常在歌唱這些快樂頌，偶爾不小心，總會轉錯頻道，聽到這些精彩的片段。

「妳知道嗎？今天我種的花死了！」橘子把收音機關掉：「這些人在快樂什麼？我的花死了！他們為什麼不一起痛哭一場呢？」

「怎麼死的？」

橘子握方向盤的時候，我總是要繫安全帶，她開車的速度可以殺死一隻狂奔的狗。

「缺乏光合作用。我飛了兩趟就再見了！是一盆名字叫『瑪莎・葛蘭姆』的菊花，不朽之菊。」

「妳要告訴我的不是妳的花死了！而是妳的舞者夢還沒醒！」

「人生苦短，及時行動！」我和橘子異口同聲地說。這句話是瑪莎・葛蘭姆的名言，也是橘子的座右銘。

「就像妳還在寫一堆爛詩一樣。」

我想起貼在牆上，十年前寫的詩——

舉杯！

不為海洋或月亮，

其實今晚的海洋和月亮很好看！
只是在一個濱海旅館，
沒有走進沙灘。
只是在一個濱海旅館的房間內，
喝著冰凍的
啤酒加可樂的可樂啤酒！

在這樣的濱海旅館，
沒有走進沙灘，
沒有癱在岸與水的沙之上，
看27次流星掉入海洋；
沒有聽潮汐聲音，

從左耳到右耳，
然後水平面迸出一顆大太陽。
只是在一個濱海旅館的房間內。
舉杯！
喝一場可樂啤酒，
睡一場覺！

「不！我早就不寫詩了！」
「真的！」
「真沒意思！」橘子噘起她的嘴。
「妳的口紅塗得太過分了！」

「因為我又談戀愛了！我需要熱情的顏彩。」

橘子正在轉一個山坡彎道，弧度滿大的，車子左傾得厲害。

「妳不問一問這次的對象？」

終於，她安全轉過去了。

「反正每一次都是真的很愛很愛的開始，過沒多久，才發現自己欺騙了自己，結果就很不愛的揮手再見！」

「他不同的！」

「算了，妳不需要每一次都我談論這個男人或那個男人，妳只是滿足妳自己而已！」

「妳是一個冷血動物。」

我們沉默了十分鐘之後，我決定告訴橘子：「猴子那天來找我。」

橘子傻傻地直視著前方。

猴子為什麼來找我？為了橘子？那麼他應該去找橘子，我和猴子整整八年沒有碰面了，橘子和他也是！八年前猴子很奇怪的消失了！沒有留下一句話與聯絡的住址。

猴子不是來找我敘舊，也沒有談起他的近況，只是某個星期天的早晨，像風一樣突然戲劇性的出現在我家門口，因為我是唯一沒有搬家的人吧！

剛開始我有一種時空錯置的慌亂感受。

「那是——，猴子吔！」

我以為我在看一捲重複的錄影帶，只是不曉得自己什麼時候倒的帶！

真的是猴子吔！粗粗的黑髮覆在額頭兩旁，那一張戴眼鏡的臉除開當年的稚氣，五官線條明朗的，正是猴子！他也穿起西裝、打起領帶了，很一回事的成熟模樣。

「嗨！妳在家！」

猴子站在門口很猶豫要脫鞋，或不脫鞋！

「脫鞋進來吧！」我拿一雙拖鞋給他。

他走進來，坐在我那把古老的竹籐椅上，很舒服地靠著軟墊：「真好哦！」兩隻腳順便抬了一下。

我們喝著烏龍茶。

他又說了一次：「真好哦！」

他看了看我，問：「妳以前好像不是長這樣的！」

「就這樣啊！」

「是嗎？以前看的好像不是這樣，又好像是這樣！或者以前就知道是這樣，只是不好意思再仔細看清楚；或者以後太久沒看了，整個模糊掉了印象。」

「我每天看，覺得都一樣。」

猴子兩手捧著茶，點點頭：「也許妳是對的！」

接著他又環視我屋子的四周，看見我牆上掛的畫：羅珊娜的〈小丑與貓〉、克利姆的〈吻〉、夏格爾的〈結婚〉、高更的〈大溪地〉……都是庸俗的複製畫。

「氾濫的拷貝藝術。」我說。

猴子沒說什麼，只是喝著他的茶，一直喝著茶，然後他站起來：「我下次再來看妳！」

我不置可否，走到門口，他穿上鞋，很禮貌的又跟我道謝：「真好哦！」

我們揮手告別，他轉身步出山巷，朝海港方向離去，海港上有許多忙碌的船隻，真擔心不小心撞在一起。

猴子的來訪，令我想起一種情景：

很沮喪、很沮喪的時候，沒有理由的沮喪，沒有辦法治療，必須找個熟悉的人或動物，或者什麼地方，沒有幹嘛，也許只是呆坐著隨便聊聊，或者什麼話也不須說，就能解決自己的沮喪！其實也沒有解決，就像兔子和牠的蘿蔔坑一樣，牠只要蹲在那裡，就覺得安全一點，可是牠並沒有逃開獵人的追殺，只是感覺欺騙了牠，也許牠要的只是一種感覺。

猴子沒有說他沮喪，除開那個聯想之外，我根本不知道他為什麼出現在我家門口，一定要為什麼嗎？

氾濫的拷貝人性邏輯。

「不可能！」橘子冷冷地回答。

橘子的車繼續朝山頂開去，山上是一片漆黑，山下則錯列一排礁岩海岸線。

「妳可以不信啊！」

我把車窗搖下，盪進一把新鮮的夜的空氣，海洋濕濕鹹鹹的味道溢滿了整個車內。

「猴子?!」

「也許他是一個拉保險的業務員，拜訪客戶時正好經過我家，原本想順道再拉一個保險，後來喝著烏龍茶，喝一喝就忘了！」

這個笑話沒有讓橘子笑出來，我常常以為橘子是一隻放大貓，放大的動作、放大的情緒，她習於誇張，因為她總是被注意，也因為如此，她除了自己以外的其他事，一概懶得理會，然而她還是在乎猴子的！

「難道他一點都沒提起我？」

「妳為什麼不問他怎麼了？變胖了？好不好之類的！」

「我希望他又肥又胖又不好！」

我們不再談論猴子，橘子換了一個話題。

「妳知道嗎？竟然，星期天一整天沒有任何一通電話，也沒有任何約會或逛街，就算去動物園也好！妳知道，這一天我終於發現自己是一個非常貧乏的人，我躺在床上一整天，整整一整天，眼睛瞪著天花板，覺得自己被世界遺棄了，我變得既孤單又寂寞，無聊得想死了算了！」

「那些約會和逛街也一樣無聊。」

「許多事都是無聊。」

「就像猴子的來訪一樣？」

「是的！」

無聊像個呵欠會傳染人，當你打一個無聊的呵欠時，請禮貌一點，掩掩嘴，不要把嘴巴對著別人，否則到了第二天，你會發現這城市有一半以上的人都令人深覺乏味，甚至覺得他們只是一群生活的軀體而已。

橘子送我到山腰的岔口，再往前的石階，車子就上不去了。

「再見！無聊的橘子！」

橘子朝我做了一個鬼臉，倒了車，往來的方向離去。

沿著海風吹襲的海濱山路，海面展現它的黑色壯闊，一點點藍色亮光的船火，多麼像海洋裡的星星。在風之中，我的米色大衣被吹得飄揚起來。

——或許，我不適合這樣的城市生態環境？

——可是，我要逃到哪裡？

——去找尋星星嗎？

——如果我還年輕，也許我會去的！

——我能夠一無所有嗎？

——我有過什麼？以為有的東西，後來都失去！

——最大的問題是「我」?!

——我在哪裡?

——我不在!

回到家後，脫掉我的米色大衣，把暖爐的炭火燃起，如果我不住在這般潮濕的城市就好了!它總讓我的心濕透了。我喝了一口茶，點起一盞燈，把十來坪的房間照得溫暖，然後躺在床上!

對於幸福的定義?

屋頂的雨落。

窗口的葉動。

夏日的輕風。

看完一本厚厚的書。

如果我不住在這麼潮濕的城市就好了。

6

那麼，最後一次看見星星是什麼時候？

這個問題太難了，我根本沒有特別的印象。因為不知道那是最後一次，所以不小心，把它輕忽過去了！假如我知道那是最後一次，我絕不會這麼草率，至少我會請一個樂團在星空下，演奏莫札特的〈小星星〉！

那不是兒歌，只是人們給它取一個歌名、一些歌詞，給小朋友唱的，人們就誤以為是兒歌。

一閃一閃亮晶晶

滿天都是小星星
掛在天空放光明
好像許多小眼睛
一閃一閃亮晶晶
滿天都是小星星

事實上，它的名字是〈*Variations on "Ah! vous-dirai-je, maman", K 265*〉，是莫札特的作品。

好吧！現在再回頭想一想最後一次看到星星的情形。

詳細的日期，我忘了！

地點好像是我家的屋頂水塔。

人物是我、橘子、猴子、青蛙，不對！青蛙沒有出現，他為什麼會沒有出現？是感冒？或者帶狗去打預防針？誰管他呢？他就是沒有出現。

而現在我這樣努力的回想，卻好像不是在回憶一件發生過的往事，而是在努力的記起一齣很久以前看過的舞台劇劇情，那些遙遠的往事就和一場戲沒有兩樣。有一點不真實，有一點旁觀的心情，當時所有的悲痛或歡喜的語彙，就像劇本上的台詞回到劇本，再沒有演員為它做生動的演出。

但是這不代表我失去了對星星的感情，而更是一種昇華吧！有一天你三十歲時，你會發現你的心臟像一團棉花球，你眼睛裡的淚水已經是一條乾枯的河，擠不出一兩滴水，當你說「心痛」，可能是你患了心臟病，或者只是你的想像，想像那一團棉花球痛的樣子。

其實，也可以換個角度來說，當你三十歲的時候，你對於感情的表達方式，已經不是那種激烈的衝動，而是非常形而上的，幾近淡然的方式。要知道我訓練自己到達如此的境界，是花了不少氣力和精神，每天我總要對著鏡子微笑，然後告訴自己：「這一切算什麼呢？沒什麼的，那些傷心和噴噓沒兩樣的，打過了就好了。」

因為剛考完考試，我們很輕鬆的在聊天，談畢業計畫，也談本周的全美冠軍歌曲排行榜和期中考的試題，那樣子就像你看過的《娃娃看天下——瑪法達的世界》漫畫情景，那群小鬼總聚在一起批評時事或抱怨煩惱，然後會有一句發人省思或嘲諷的句子出現，那個句子是個高潮點，也是個EYE CATCH！

「那些考古題，一點用處都沒有！現在的教授都太狡猾，他們不斷的防止我們ALL PASS！我們是來拿文憑，不是來和他們玩益智遊戲。」

星空下的屋頂水塔，猴子的表情過分嚴肅，顯得蒼白、無生命。

「很好，可是你忘了人生宗旨這項偉大的命題。」我說道。

「巨觀的？或微觀的？」

猴子又說：「巨觀的是交配，微觀的是賺錢。前者是延續人類的生命，後者則促進社會的繁榮。」

「那你自己呢？」

「我只有一個被訓練成精明幹練的猴腦袋。」

橘子說：「可憐的猴子。」

猴子敞開一個微笑，聳聳肩：「沒關係！也滿好的啊！想想看，至少以後的以後，我會有一幢大洋房，一部大轎車，和一隻大丹狗。我的大洋房裡會有一間玩具室，放滿我小時候最喜歡的各種玩具，我可以一直在那裡玩個不停，玩到我九十歲，再沒有人管我了！」

橘子問：「那麼我呢？」

猴子回答：「我可以送妳一個芭比娃娃！」

四周靜極了！在安靜的藍色蒼穹裡，那些星星們好像搖動了一下，隱約傳來一陣像風鈴細碎的窸窸窣窣聲音，很快地又消失了！

我告訴他們：「星星好像說話了！」

關於橘子的愛情是這樣子的！

橘子與猴子相識於一堂不屬於他們的歷史課上，教授正在談「認識北京人」時，橘子闖進去了，所有的人都看著她，她很不好意思地趕緊坐在邊角位置，旁邊坐的正是猴子。

由於是新生的關係，教室常常搞不清楚，她記得她應該是上會計學的，不曉得怎會談起北京人的故事，經過猴子的指點，她才恍然大悟原來是自己跑錯了教室，十分鐘後，她與猴子一起悄悄的離開了，因為猴子在她前五分鐘也犯了同樣的錯誤，那一堂課於是作罷，她和猴子跑到學生咖啡店聊了一下午，談了他們的生平以及興趣和愛好，之後，歷經無數的角逐，因為那一場巧合的邂逅對橘子而言深具意義，猴子便成為她的愛人。

青蛙是後來才加入的，表面上，猴子、青蛙和橘子似乎構成一個複雜的三角關係，事實上，青蛙是猴子的室友，橘子經常出現在猴子的宿舍，三個人變成好朋友，青蛙也愛橘子的，但橘子的心卻屬於猴子。

青蛙是一位憨厚忠實的人，他善體人意，而且寡言，凡事務實中規中矩，絲毫不具備浪漫特質！這是許多人認為的青蛙。

橘子曾經好意地要把他推薦給我，因為我們都屬於自我封閉的平凡類型吧！然而我們都很客氣地婉拒了。我和青蛙之間的對談，少到魚缸裡的金魚都要打瞌睡了，重要的是我們一點都不吸引對方。

八年前，猴子意外地消失之後，橘子開始放縱自己的愛情，她不斷地追逐、遊戲……除了與青蛙之外，青蛙仍然一語不發地存在於她需要他的時候，或許青蛙認為必須對他們兩人唯一一次意外的作愛負起責任。那事發生在猴子離開後的一個月，過多的酗酒使橘子失去了理智，那一次的作愛，青蛙失去了處男的身分。

對於男人而言，他的第一次也和女人一樣的重要吧！

我知道橘子始終在等待猴子歸來，一如青蛙在等待橘子一般。這樣理解時，不浪漫的青蛙變得非常浪漫，不安定的橘子卻又十分執著，而流浪的猴子呢?!

7

我的工作有時有趣，有時無趣！但是我是不喜歡上班的，不喜歡也不代表討厭。

每天早上，我會做一份三明治，一份午餐便當，外加一個水果，放進一個紙袋內，像要進行一場野餐一樣，走到車站搭七點三十八分的火車抵達鄰近繁華的大都會城市中心，然後再換一班公共汽車來到熱鬧東區商業圈，在某家流行服飾店下車，轉個彎，拐進巷子內一幢五層樓建築的一樓裡，就是我上班的地方了。

那是一家旅行雜誌社，專門介紹世界各地的旅遊地點，並且讓旅行者發表他們的旅行心得及樂趣，談的都是歡樂、冒險、浪漫、好玩的遊蹤記事，當然旅行者還得附上他們的旅遊照片。

我的工作最主要的就是到信箱收集他們寄來的稿件和照片，打開以後，閱讀一遍，決定哪些稿子可以登，哪些不能登，做這事時，我是非常謹慎的，所以通常都要喝一杯咖啡，讓我的腦筋比較清楚一點，因為做決定是一件困難的事。

接下來，我就把能登的稿子潤色修飾，把不能登的稿子退還原址，並且寫一封禮貌的退稿信函，表示不是他們的文章不好，而是我們的版面有限，或者因為稿擠，但歡迎他們下回繼續投稿。然後我把順好的稿子送去打字，開始編列這一期的雜誌專欄內容。做我這樣工作的，另有兩名編輯，一名男的，另一名是女的。

所以我雖然是在一家旅行雜誌社上班，但我只管把這一期的旅行雜誌準時出刊發行就可以了，不需要去做旅行的事。

不用懷疑來稿及訂戶的問題，想想看，現在有多少多少的旅行者呢？那些旅行過的旅行者總有一籮筐的異域見聞期待發表，而那些尚未旅行過的旅行者，又期待一大堆異域的夢想與指南，以填補他們的想像。

說得好！我們是旅行的仲介業。哦！不！那是指旅行社；我們應該是旅行夢想的仲介業。仲介業是目前最熱門的行業。

A↑B↓C

人們因而避掉了多少盲目搜尋的茫然；避掉了多少可遇不可求的偶然，我們讓點擴大成面，讓唯一變成多重，當然是要收取服務費的，必要時市場也要加以壟斷，因為我們提供的是資訊、快速、即時和流行，這都是現代人必須具備的東西，非常重要的，你懂嗎？

每個上班天，我都和櫥窗裡的時髦模特兒Say Hello！他們挺快樂的，臉上永遠堆滿一成不變的笑容。

「笑什麼啊？」

「美好的人生啊！」他們上揚的嘴角如此回答。

春天的時候，他們穿著質料柔軟的純棉運動休閒服，一副趕著郊遊野宴的樣子；夏天則換上性感的泳衣或T恤短褲，準備到海邊戲水，涼快一夏似的；秋天，一襲羊毛衣瀟灑地穿在身上，他們改坐在圓桌旁的椅子上，圍著漂亮的絲巾，桌上擺好茶壺、茶杯，他們的手放在杯旁，假裝在喝下午茶；而冬天最令人稱羨了，厚重的皮草與夾克外套，披在架式十足的冷冷軀殼上，高級的毛料長褲與豔麗晚禮服，在在顯現雍容的貴族氣派，彷彿馬上要駕著一部凱迪拉克汽車參加一場狂歡盛宴。

「算了吧！其實你們哪兒也沒去，什麼也沒做！」我嘲笑他們。

「這可是你們要的！這不是一個寫實的城市，更不是一個寫實的人生！每個人都活在扭曲的想像與夢想之中。很多人、很多人跟我們一樣，哪兒也沒去，什麼也沒做！可是他們都以為他們去了，他們做了！因為資訊會提供他們所要的一切線索與消息。」模特兒依然很快樂的，掛著虛假的微笑。

我想，我是討厭櫥窗的，如果沒有櫥窗，我可以直接走到展示台，在那些模特兒的嘴角上各畫兩撇鬍子，外加一副眼鏡。

當然，我什麼也沒做，還是很禮貌的每天和他們Say Hello！當櫥窗被擦得完全晶亮時，透過反光的倒影，我還能瞧見馬路對面那幢高聳參天，氣勢極為駭人的龐大建築形體。

該如何去形容這幢建築體的造型呢？像一個武士的盔甲，又像是皇帝的帽子（我不想講皇冠），花崗岩鋪陳的冰冷輪廓，加上玻璃帷幕的點綴，非常的使人不得不肅然起敬。

我之所以特別提起它，是因為它對這個城市有下列幾項重大貢獻：

第一，廣告上說它是全世界第一幢如此壯觀而宏偉的建築。

第二，廣告上說它是屬於顛峰境界的企業人士，只屬於！

第三，廣告上說它將負起帶動這個城市，甚至整個國家名列國際舞台、世界之林的重大責任。

第四，廣告上說它是這個國家繁榮與富庶的象徵和代表，沒有任何建築鉅作可以超越它。

第五，廣告上說所有的人站在它的腳下，將會升起一股驕傲的尊榮感，所有站在它腳下的人因而擁有和它一樣偉大的胸襟、遼闊的眼界，遠離一切醜陋的、凌亂的、卑微的種種。

所以，總結成第六，廣告上說它是夢想的實踐者!!

那些第七、第八……夠讓人疲累了！

「完美的建築是造型藝術的終極目的。並且要打破任何束縛與規範，打破純藝術與商業藝術的界限，創造更豐富、更自由的藝術作品，這就是包浩斯理念。溫特龍（Ludwig Mies van der Rohe）的現代派建築經典，將包浩斯理念發揚極致，今天我們超越溫特龍的作品，在這一幢唯美化、唯功能化的立體建物上，充分實現了現代派的理想。」

創造這個巨人的建築設計師這樣說著，說的同時，左手還舉起一個白瓷杯，瓷杯內是燒得正好的炭燒咖啡。他的動作極度優雅，氣度從容，並且咬字緩慢清楚，他沒有禿頭，除了一點點小暴牙之外，他的外表與那個巨人一樣，非常現代派得無懈可擊。

其實不需要刻意去在乎那一幢巨人建築的，在這個城市，或這個城市以外的衛星城市，以至任何城市、任何地方，都正在積極地從事改頭換面的變革工作，類似這種巨人建築，將一幢一幢地被建造起來。許多標榜為顛峰人士、偉大的企業家創造的別墅宅邸或辦公巨廈……（當然還有少數的住宅大樓、公寓，非常善心地要獻給繳不起巨額貸款的無殼蝸牛族），總個這些房地產廣告一再出現於每週六、週日的各大報紙版面上，最多可高達二十七則廣告。

而週一至週五則是各式各樣的商品廣告，從大補丸到扭扭樂，從刮鬍刀到進口轎車，從衛生棉到胸罩，廣告訴求商品利益之外，還充斥著大男人尊榮心理、新女性復仇主義、青少年自我意識抬頭以及種種拋棄式的速食文化……好像你用了這樣的商品，住進了這樣的建築物，出入了這樣的場合，你就是某種階層的這樣的人了。

「這是人和商品之間的獵殺遊戲。」一位玩柏青哥彈珠玩具的高手拉動機器的把子，順便抬起頭道。不一會兒，嘩啦啦的，他贏滿了獎金，又趕緊埋首專注地忙碌。

「是人擄獲了商品，還是商品擄獲了人？」一名社會系的某大學生推一推眼鏡追問他的學期報告題目。

「這樣國家的經濟才能不斷的脈動，不斷的、不斷的，我們的錢不僅要淹腳目，還要淹到頭頂。」商人終於出來說話了！他是某個財團的負責人，他有一個禿頭，證明十個富人九個禿，其中一個沒禿的是那名建築設計師。

好吧！這一切本來就應該如此的！因為這是一個經濟自由，且是自我塑造的時代，在商品之中，每個人都可以依照自己的意願選擇什麼樣的商品，什麼樣的自己！在商品的使用情境包裝下，每個人確實都顯得容光煥發、自信滿滿，每個人都可以活在自以為是的美好人生之中，這有什麼不好呢？

我怎麼又想起猴子和他的那幢大房子內的玩具室？我忘記問猴子：「嗨！

你是否努力地在促進社會繁榮？嗨！你的大房子、大丹狗和大轎車呢？嗨！你真的擁有一間玩具室？恭喜你！那真的是很棒的一事吔！」

我為什麼總是在事隔已久之後才想起很多事！而這些事事後回想起來，才覺得深具意喻。

我真的擁有一個非常糟糕的頭腦！

8

冬日，總是一張愁眉苦臉的天空！陰灰灰的，一隻貓「咪嗚」叫了一聲。

冬日的第一場悲劇是：因為興建捷運的關係，大都會城市東區的一條楓香樹與木棉林道被鋸斷移走！把僅有點綴冬天氛圍的枯樹與落葉，徹底地搬離季候舞台。

經常行走這條路的人們踱步到空蕩蕩的現場時，心裡都會升起一片光禿禿的寒意與難過情緒，但過了紅綠燈，步入馬路另邊熙攘的商業地段時，又把那份冷清的不適拋於腦後。

也有人在煩惱：「糟糕！明年三、四月間，再也不能告訴別人：『木棉花開滿長長的路上，去看木棉花吧！』或者『楓香樹又濃綠起來，走在路上，抬頭眺望樹梢，會聽到第一聲蟬叫。』」

在這令人沮喪的初冬，我的男人這時候寫來一封信。

女人：

妳好！

妳已經穿起第一件毛衣了吧！

我的太陽依然灼熱。

不過，我們都沒有雪！

談這些幹嘛呢？或許妳願意來看我一趟。

熊・橡膠樹之下

男人是不擅於言辭，在頂熱的天的橡膠樹下，他和信紙和筆一起癱在地上，久久……

沒有刮的鬍碴碴貼在嘴上及下巴，一杯濃茶飲了一半放在旁邊，他的膚色完全的古銅，背肩及胸已經忍不住熱氣，冒著涔涔的汗，即使脫去了上衣也制止不了這些鹹鹹的汗水不流出來，終於——那支鈍筆在一張不挺白的濕紙上，困難的落下線條。

我了解男人的習慣動作。

那是橘子的二十五歲生日。

橘子總有一種化腐朽為神奇的魔力，我的意思是：她總是能把一件平淡無奇的無所謂之事，弄得複雜而精彩，風光意義極了！她的人生總是這樣鬧哄哄的充滿趣味！

橘子說：「我不甘於寂寞。」

橘子的每一次生日，都好像白雪公主在慶祝盛宴一樣，那些王子和七矮人們，以及諸多王公貴族，甚至森林的小動物們都要趕來大肆捧場一番。

不但在這事上的複雜。在其他事上也一樣，比方她換掉一個男人，總是要為舊的涕零道別，然後再為新的歡喜迎接，當然少不了一番羅曼蒂克的吃吃喝喝場面。

橘子的生日派對經常熱鬧極了！燭火、燈光、餐點、雞尾酒、舞會……，卻也無趣極了！

那一大群人對這類事早習以為常了。宴會開始以後，很明白的自動劃分區域，然後對號入座。

這一區是商業區，話題是股票、房地產、期貨、投資理財之道；那一區是女性主義區，話題是化粧品品牌、百貨公司拍賣、流行服飾，以及如何馴服一個糟糕的男人，和爭取應得的贍養費；還有所謂時事區，專談目前國際情勢、國內政治動態，或者某個政治人物的緋聞秀；而其他像環保區、保護動物區、社會公益區則是沒有的！

當然啊，在許多區域之外，一定有一些落單的份子，像橘子，因為她是女主角，通常女主角是屬於大眾的，而非舞台上那個經常更換的男主角，所以橘子總是豔光四射地穿梭其間，與眾人親切地談笑風生。另外，還有像我這樣有點無聊的人，只適合坐在窗口角落看人來人往的演出，數著距離回家的秒數。

許多年來，我扮演慣了這種角色，別問我為什麼不乾脆退出，不要參加？這不行的！一來橘子是我最要好的朋友，二來我覺得這也沒什麼不好，反正我到哪裡，還不都是這樣，所以我存在哪裡又有何差別？我很適應這一切的。

橘子的二十五歲生日是在喬琪酒店舉行的。

如同我敘述的過程一樣，那美麗的橘子依然是眾人矚目的焦點，所以不必再去理會她那明星式的舉手投足，反正是很迷人就是了！

舞會開始，我坐在吧檯高腳椅上和那時剛來上班不久的Rose聊天。

「妳的工作是什麼？」Rose問。

「編輯！」

「編輯？」

「就是——把一堆零散的，變成一整塊完整的。」

「這聽起來有點像廢料處理再加工一樣，有趣嗎？」Rose手沒停著在燒咖啡。

「嗯！跟妳燒咖啡一樣！」她的燒杯內的水已經沸騰起來了。

「那大概是無趣的，我總是要燒一大堆咖啡，卻不是給自己喝的！不過再怎樣，我充其量也只能喝一杯咖啡而已，喝多了會睡不著的。」Rose用攪拌器攪動一下咖啡。

「那無所謂的！妳是有趣的女人就好！」

「當編輯之前，妳在幹嘛？」

「沒幹嘛，虛度人生！」我聳聳肩。

「哦！」Rose露出一個會心的微笑，遞給我她燒好的咖啡，口感正好。

「妳的朋友（橘子）不一樣，她很辛苦的在豐富人生。」Rose又說。

我笑笑，想及「虛度」——空虛的、虛無的、虛假的、虛弱的度過！度過什麼？

黑壓壓的一片男女相擁而舞的情景，如同一幕浪漫電影的畫面，所有的人在等待這場舞之後的切蛋糕儀式，那是宴會的高潮。

有個男人打開了酒店的大門，被眼前這幕場景錯愕了一下，隨即發現坐在吧檯上的我，有點遲疑地朝我走來。

「對不起，這個宴會我遲到了。可是，我出了一點狀況，妳能幫我一個忙嗎？」他對我開口道。

「你的女伴沒來？跳舞嗎？」

他搖頭：「或許應該找個男士是較好的，可是他們都在跳舞！是這樣子，我的車子拋錨，如果妳願意幫我把它推到路旁，讓拖吊公司的人拖走，也許待會兒我們還來得及回來跳下一支舞！」

通常碰到這種事，腦子還沒有任何願不願意的答覆時，腳已經善良的跟著走了！惻隱之心往往不是來自心，而是四肢，所以應該改成惻隱之手或惻隱之腳才對。

「天啊！這麼大的雨！」

「是啊！我也沒注意到下這麼大的雨！」

剛剛昏暗的燈光中，我沒發現他全身濕瀝瀝的。於是，我唯一一套派得上用場的黑絨洋裝完全浸在雨水之中，還有我盤起來的頭髮都鬆垮下來了……，等到我們把這部重坦克汽車推到路旁廣場時，雨竟然停了！

「妳真有力氣！」

「是啊！並且邋遢極了！」

「可是，還是很好看的。」他望著我的邋遢樣。

因為近距離的關係，我也終於看清楚這男人的長相了！很像探險隊的那一種人。

「糟糕！我還得回去朋友的舞會，我還沒吃到她的生日蛋糕！」橘子的切蛋糕儀式一定過去了！

他也想起來：「是啊！車拋錨讓我都忘了這一場宴會的存在，真是不好意思，這樣不禮貌，朋友的生日派對，竟然找妳來推車。要一起過去嗎？」

橘子一定忘了我的存在，切蛋糕儀式又過去了，而我變得如此邋遢。

「算了！我不想去，你去吧！我想走路回家。」我婉拒那個男人。

因為不好意思吧！那個男人很堅持要送我回家，我們沒有回到宴會現場相擁而舞，我是不跳舞的，只會跑跑步。

雨停了！我們走在濕濕的馬路，沿著港口、山路，蜿蜒、漫長的散步著，他說了一堆笑話，很愛笑的一個男人，並有一個可笑的稱謂——熊。

後來的後來，他認為理所當然的成為我的男人，許多年來我們經常分離得遙遠，因為他工作的關係，跑東又跑西，但他卻始終認定我是他的女人，雖然沒有任何浪漫的情節，他總是提及我們應該有某種法定上的形式，大概是因為我幫他推車的關係吧！

男人曾經告訴我：「所謂的對象，是指可以真正和你溝通的人，或者動物、植物……。」

這是非常簡單而抽象的意思，事實上不是所有的人或動物或植物……，都可以和你溝通，並產生共鳴，在這個世界上，五十多億人口，無數的動物和植物裡，卻不見得有一個可以和你溝通的。

男人又鄭重地告訴我：「妳是我的對象！」

令我非常感動，我想起過往的年代裡，經常的寂寞之中，我的星星就會跳出來與我對話。

「嗨！妳好嗎？」那顆最亮的星星問。

我搖搖頭！

「怎麼啦？」

「我想，我有一點自閉！」

「和人說說話吧！」

「我不喜歡人吧！」

「和狗說說話吧！」

「狗太討厭了！」

「和妳種的那一盆沒有名字的花說說話吧！」

「她已經凋謝了！」

「那怎麼辦呢？」星星有點緊張。

「沒關係，讓我看看你！你為什麼那麼遙遠呢？」

「因為我們在不同的國度！」

「真是遺憾啊！」

「好好玩一玩，看一看啊！生命很短的，就整個宇宙而言只是一瞬！」

「如果我能多一點興致就好。」

星星點點頭。

後來，我嘗試培養很多方面的興致——捏陶、彈琴、繪畫、舞蹈……，在許多嘗試以後，我終於明白最合適的就是優雅地坐在一旁，很專心或不專心地當一名旁觀者，好聽一點是欣賞者。觀看眾生的演出，一齣喜劇、一齣悲劇或沒有情緒、沒有劇情的荒謬劇。唯一記住的是，莫把自己投入劇中，這是很危險的事。

星星分享我的秘密，只有與它們共處之時，我才有融入的感覺——一種族群的關係，我是它們的一份子，屬於遙遠的、遙遠的天空。這種同類的歸屬感，使我在失去星星之後，罹患很嚴重的鄉愁疾病。

那浩瀚的天空，那些同類們都躲去哪裡？那一層沉重的污染空氣織成的灰色布幔，徹底地隔絕一切，最後臍帶失去後，我註定要深刻孤獨地活在這亂糟糟的商品世界，而我的消費能力太差，許多的商品無法吸引我進入它們編造出來的美好情境。

依照達爾文物競天擇的定義，我必須是一個適應力很好的「強者」。才能繼續生存下去，當不當強者有什麼關係呢？一切都是眾生演出而已，我不必告訴別人，我經過多少傷心，流過多少淚水，我只要當一名旁觀者。而人們也不會去理會這些的，包括橘子，橘子只是一名很久的朋友，卻不是「對象」！而男人呢？可以是一個「對象」，可是卻不表示要和「對象」共同完成什麼，甚至是法定的形式。

我終於還是沒去看他！

9

下著很冷的雨的十二月某個冬日早晨。

雨叮叮咚咚，彷彿掉下來會結成冰似，只可惜雨落下來，還是一滴水珠。

因為太潮濕了，牆壁都濕成一片，許多掛在牆上的畫都發霉，溫度已經降到10度，海洋吹過來的風，都吹到細胞裡了。

人為什麼不能像熊一樣的冬眠？活了三季的疲憊，應該在第四季——也就是冬季，好好地徹底療養一番。然而我的冬眠還是被橘子吵醒。

「我要結婚了，祝福我吧！」橘子從電話那頭傳來無比愉悅的聲音。

「好吧！祝福妳！拜拜。」我實在睏極了。

「哎！哎！妳幹嘛！睡死了妳，妳知道我要和誰結婚嗎？」

橘子的聲音太吵了！

「不知道！」是的，下輩子我應該當熊，否則就當一隻蜉蝣，朝生暮死。

「青蛙！」橘子鄭重其事地宣佈一項祕密似的。

「很好啊！」

「哎！妳這人很討厭！一副事不干己的樣子。」

「跟誰結婚都一樣的。」

橘子終於掛上她的電話，很令人鬆了一口氣。

橘子和青蛙結婚！突然讓我想到伍迪艾倫的電影。

在傳統的農曆年還沒來以前，橘子和青蛙就在一家非常豪華的五星級飯店舉行婚禮，參加的人大半是橘子的那些朋友，橘子是個熱情開放的新娘，幾乎每個來賓，她都一一的寒暄過了，站在旁邊木訥的青蛙一語不發，倒像個新郎道具而已。

青蛙見到了我，向我點點頭，終於開了口：「真高興見到妳。」

「你的西裝很好看！真恭喜你！」我祝賀青蛙。

青蛙還想說什麼，橘子剛從一群人中撤退出來，也看見了我：「妳怎麼才來呢？」

「很準時啊！喜酒還沒開始。」

橘子把我拉往一旁，神祕兮兮地說：「那天話還沒說完，為什麼和青蛙結婚，妳知道嗎？上次的那個男的，如妳預言再度宣告破滅，結果我打一通電話給青蛙，說：『我們結婚吧！』青蛙就答應了！」

「非常戲劇性的。」

「人生如戲嘛！」說完，橘子又拉著青蛙向其他人打招呼去了。

這真是一場無聊的酒席，嘈雜而喧鬧不已，不斷地無意義的敬酒、喝酒，要把肝臟完全浸到酒缸裡，吃到一半，空氣裡都是酒精的味道。

「那麼我走了，我好像被醺醉了。」我向隔壁的一名男士告辭，他至少喝了六瓶以上的啤酒。

「要我送妳嗎？」每一個字都有啤酒的氣息。

「很方便的，我只要搭一趟大巴士，再換一趟小巴士就到家了。」我婉謝啤酒男士的好意。

大巴士載著我、小巴士載著我，經過霓虹閃爍，繁華若夢，這個城市真寂寞。

有沒有人告訴你，你生錯了時代，你應該是古代的一名俠客，卻跑到現代開計程車，當客人坐上車以後，你猛然想起好熟悉的感覺，好像很久很久以前，行俠仗義渡人一程的情景，而只差在現在要按計程器收費。

不知道天底下有多少淪落的俠士，當他們說「俠出於偉大的同情」時，也可能醉倒在某個俱樂部或酒吧裡。

我想，青蛙是俠客的，他有偉大的同情心，他和橘子結婚了，令人莞爾一笑，青蛙一直深愛橘子，永遠都是。

IO

我決定離開我的工作崗位，是在春天時候，我修飾完一篇記載星星的旅行稿子，是一名不願暴露真實姓名的旅行者寫的。

以下是旅行者的敘述，題名為〈星星小鎮〉——

這是一個不起眼的小城鎮，我不知道它叫什麼名字。所以會來到這裡，是因為我搭錯了火車，我應該搭東線的火車，卻搭到西線的。

對於一個揹一大包登山袋及手提兩口皮箱的旅行者而言，搭錯車真是件令人懊惱的事。當我發現時，我便趕緊下車，以免它把我帶到更遙遠而陌生的城市。

我下車了！由於太過慌張的緣故，我一直沒想到要去注意我下車的地方是叫什麼名字，直到我重新返回預定的旅程時，我才又懊悔：為什麼我沒去注意它的名字。當然，注不注意它的名字並不是它的重點，而這個小鎮才是我要談的，事後回想，我這一趟旅行最最令我懷念的竟然是這個不知名的小鎮。

就像我開頭所說的，這是一個不起眼的小城鎮，空曠、荒涼，那個火車站收票員打著哈欠，收走我的票以後，又繼續打盹，所有下車的旅客就只有我和一名婦人。我不便驚擾愛睡的收票員，便禮貌地向婦人打聽，下一班回到A市的火車是幾點。

婦人很客氣地回答：「對不起！一天只有兩班火車，你已經錯過了，必須等到明天早晨八點鐘。」

「這真是糟糕，我是一名外地客，搭錯方向的火車，沒有任何補救的方法嗎？有沒有其他交通工具？」

婦人搖搖頭：「太晚了！已經接近黃昏，開卡車的人下班了，巴士也沒有到達A市，你只能待在這裡過夜。」

婦人把我帶到鎮上唯一一家小旅館，我辭謝了她。說是旅館也不過是木板隔起的三兩間房間，床咿呀咿呀地響，棉被透露潮腐的味道，我沮喪地放下行李，安慰自己：「至少我不必在野地裡餐風露宿。」

我不想上街逛逛，因為沿途走來，單調的灰塵景致，沒有綠蔭林道，也沒有琳瑯滿目的店鋪，僅散落的零零落落人家，有什麼好逛呢？

我的心情真是壞透了！不知如何打發剩下來無聊的時間，時間也變得相當漫長，難以忍耐！我向旅館的老闆要來一杯開水，沖著隨身攜帶的即溶咖啡，就著窗口，看太陽一吋一吋往下落，有一條狗，不停地在窗口對我吠著，我潑給牠一口咖啡，濺到牠的頭上，牠才夾緊尾巴逃走。

太陽終於完全沉到地平線以下，黑夜瞬時淹沒整個小鎮，黑黝黝之中竟然沒有任何燈火，除了那些散落人家的一兩盞光明之外。

我的肚子餓了，我不喜歡飢腸轆轆的感覺，走出房門到廳堂問著滿嘴油膩的老闆：「請問餐廳在哪裡？」

旅館老闆放下他手中的一盤麵條，不好意思地回答：「不曉得今天會有客人來，所以食堂沒有開伙。如果願意，麵條還有一點。」

我不置可否，他沒有意料今晚會跑來一名意外的旅客，正如我沒預料今晚會住進一間意外的旅店。

說實在那麵條不難吃，並且不必額外付費，但至今我仍想不起來裡面放的是什麼材料，混合著一種奇異的香料味道，觸動起內在的感情。吃完麵，旅館的老闆建議：「不妨出去走走，星星很美！」

我搖頭，心想：「星星有什麼好看，我只想早點上床，睡個覺，打發這一個無聊的夜晚！」

我喜歡山川的沉靜，原野的遼闊，以及人文景觀的悠遠，我走過許許多多國家，為了捕捉這世界種種的奇特之景，然而我不特別喜歡看星星的，應該說我沒有看星星的習慣。

「出去走走吧！去吧！」旅館老闆幾乎用趕人的方式，我無可奈何，只好推開廳堂大門，步入黑暗的外頭。

很奇怪，偌大的小鎮，此時竟聚集了大概是小鎮所有的人吧！其實這算起來也不多的，約莫一百多人。他們悠閒地或坐或躺，眼睛瞭望著天空，那樣子真像是舉辦一場星象夏令營似的。夜涼如水，帶著神祕的氣氛，我舉頭一看，老天，滿天都是星，大大小小，壯觀非常！這個小鎮似乎不見了，我彷彿走進銀河裡，被一大堆一大堆星星迷惑了眼睛，那些星好像是活的，會說話，會走動，而且每一顆都很大，大到伸手都可以摘下一樣，數不清有多少星，就像你的腦袋瓜被人敲了一記，滿眼冒金星的情景。

耀眼的星，美麗非凡，我很遺憾我的天文知識是那麼貧乏，否則我會更容易與它們建立關係，而我根本叫不出它們的名字，只能傻傻地一直楞在那裡。

那些星星們似乎能諒解我的魯莽與無知，不時對我眨眨眼睛，浩瀚無邊的星際裡，我真能體會那一種宇宙巨大，而人類渺小的自然哲理。

我不知道為什麼這裡的星星特別的奇麗（是否因為地理環境的關係？），好像它們是這個小鎮的特產，並且只屬於這裡。我不知道這樣佇立星空之下有多久多久，直到我兩腿發麻，我才想到也許旅店會關門了，於是趕緊返回，而其他的人也一一陸續離開，回家睡覺了。

第二天清晨，我告別了旅館老闆，特地再次感謝：「非常謝謝你，讓我目睹了一場奇蹟之美。」

他笑了笑，回答：「你是應星星的邀約而來，所以才有機會欣賞它們的演出。並不是所有人都有這份榮幸。」

「這裡的星星真特別！」

「我的祖先說，星星永遠住在真純的世界。我相信你也是真純的人，歡迎你再來。」

之後，我們就告別了！我走到火車站，順利地搭上火車，往後一切充滿了運氣，然而一路上卻令我有恍如隔世之感，彷如做了一場星星之夢。事後我告訴許多人這段造訪小鎮的遭遇，許多人都認為是我編造的一則桃花源故事，到後來連我自己都不大敢確認是否真有其事，不過暗地裡，我獨自為那個小鎮取名：星星小鎮。

我讀完這則旅行者的敘述後，內心非常激動，和一般旅遊文章相較，他的內容不夠精彩，文辭不夠華麗，甚至沒有附照片，我的同事早已把它劃入退稿的稿件中，很慶幸地被我發現。

我終於知道我的星星躲在哪裡了！它們全部遷徙到那個小鎮，星星沒有死去，這真是令人欣慰得快掉淚，至少有一個地方是它們最後的容身之處。

在漫漫冷漠的世界裡，我的星星還在的，在一個遙遠而偏僻的角落，集體散發真純的光芒。

哦！我的星星們！

II

春天的心情帶點喜悅的潮味，雨之中，許多花都開了，許多新芽都發了，而雨淡淡的，天氣不冷不熱。

在山城之中，我默默看著迤邐而下的雨煙朦朧，思忖著新的旅程。舒伯特的〈鱒魚〉輕鬆的游於空氣之間，沒有感冒，沒有病痛，沒有憂愁……。人的生命是否也能如此輕鬆，即使在一堆感冒，一堆病痛，一堆憂愁中。可憐的舒伯特，聽說他一生吃了很多很多藥。

遙遠的山腳，一個熟悉的身影，正緩步而上，撐著傘慢慢走到我的面前。

「嗨！猴子！為什麼來？有事嗎？」我向他打招呼，是猴子！

猴子走到屋簷下，收起傘：「沒什麼事的，我能進來嗎？」

猴子坐到他原先坐過的竹籐椅上，又說：「哦！舒伯特，我以為你只喜歡莫札特。」

我回答：「只要是好的都喜歡吧！」我遞給猴子他喜歡的烏龍茶。因為沒什麼話可以談，我想到橘子，便問他：「去看過橘子嗎？」

他搖頭。

「橘子與青蛙結婚了！」

「是嘛！」他輕描淡寫地回答。

「我想，她等待你，等得太長久了，她知道上回你的出現，或許也因為如此，你出現卻一直沒找她，所以她不等了！」

猴子沉默了！

我們都沉默了！

猴子再喝一口茶：「大概我們彼此熟悉吧！所以她明白我的想法。」

猴子又說：「那時，我並沒有去哪裡，只是向她告別，我以為可以努力地完成一些了不起的事，就像當初的理想一樣。我曾經花了很長一段時間去思考生活、思考愛情，最後什麼也沒獲得，就去一家公司上班，很忙碌地工作，我不曉得我為什麼放棄足球、放棄披頭，大概是因為我只是一名平凡而忙碌的業務員吧！所有懷有偉大夢想的年輕人，到後來都只是一名平凡的職員、平凡的丈夫或妻子、平凡的父親或母親。」

猴子把所有的茶一飲而盡；繼續道：「我原以為橘子是我所愛的，是啊！她那麼美麗，風采出眾，令任何男孩都怦然心動，可是到後來才明白，我原來不愛她，即使那些美麗的面貌也不能挽救這個事實，我曾經努力過，這只是讓我更明白真實。最初的最初，只因為我也是眾男孩其中的一個，是一種虛榮心的使然吧！我便追求了她，我太年輕了，容易迷惑於外在表象，我曾經告訴過橘子，但沒有用的，所以我只好消失！」
「太傷害橘子！」
「或許吧！她很驕傲，一切假裝不在乎。」
「她從來沒有告訴我這些事。」
「上回的出現是一件偶然。妳曾經借給我一張莫札特的《小星星變奏曲》唱片，在去年秋天時，我準備丟掉一大堆舊唱片時，被我不經意發現了。」
「我不記得了！」這真是令人驚訝的消息，我的星星居然也跑到猴子那裡去了！
「我考慮了很久，應該來向妳提的，我們都經常在自己的家裡，意外的發現許多不屬於自己的東西，像是簽著別人姓名的書啊！一枝順手帶回的筆，或什麼的，因為那些東西的關係，使你和原有的主人有了一絲牽連，後來或許不好意思說吧！就一直擁有那些東西，變成自己的。」

猴子頓了一下：「上一次就想跟妳說這件事，結果還是不好意思開口，今天特地專程來說明白的。」

「我一點都不記得了！」

猴子點點頭：「沒關係！人生的最後，什麼事都會忘記了！那一張唱片真令人感動，找到以後想再聽一遍，可惜已經沒有舊時的唱盤了，這世界過時的東西越來越少，過時卻令人懷念，有時候想過時其實也不錯的，不必急於擺脫一些傳統，也不必急於追求一些創新，真是輕鬆，不是嗎？後來我決定留下那堆舊唱片，做為紀念。」

「也把它留著吧！猴子。」我想猴子比我更適合擁有那張唱片的。

「真的嗎？妳曾經很不諒解我，因為我不小心把它弄丟了，妳知道因為如此，那時候我都不好意思和妳說話了！」

「是嗎？」

「是啊！沒想到妳已經不在意了，我鼓起很大的勇氣來看妳的。」

因為一張唱片！

「一切都是奇怪的。」我回答，並送給猴子一個微笑：「我諒解你了。」

雨不知不覺停住了。

「你該走了！雨停了！」

他走到門口撐起傘，又收起來，朝我深深凝視一會。

「我能再來看妳嗎？」

我搖搖頭：「我要去旅行了！」

他看著我，還是把傘撐起來走下山，我望著他的背影越走越遠，直到一個轉角，他回頭再看一眼，約莫十秒鐘，終於不見了。

12

那張唱片曾經是我生命中非常重要的東西。

一九八三年，他在風雨交加的颱風之夜，找到了最後一家沒關門的小唱片行，買了張莫札特的《小星星變奏曲》唱片，然後慢慢騎著車，沿著濤浪澎湃的海岸線來到山城，把它拿給我，之後，什麼話也沒說，就冒著風雨又騎走了。誰知道他會騎到哪裡，也許他會騎到北海岸線某個峽灣斜崖看風浪。

他總是這樣孤獨的游移著，像是一粒塵土，有時風把他吹來，有時風又把他吹走。

他，是我失去的愛人，一個名字叫潘的男孩。

他有一雙像星星的黑眼睛，亮晶晶的，笑起來有兩、三條笑的魚尾紋，是我愛的那一種。

每一個所愛形象都不大一樣，我不想透露他真正的模樣，什麼樣的臉形，什麼樣的身材，凡是人其實都差不多的，重要的只是他帶給你什麼樣的感受。

我只能說我喜歡坐著一直看著他，尤其是右側九十度角，這真是很奇怪的，當我第一次遇見他時，自然而然我就一直在右側九十度角看著他。

那是在校園裡，舉辦一次無聊的什麼活動，無聊到令人要打呵欠，尤其暖暖的太陽打在三月的草坪上，他正好坐在我的身旁。單調的星期日早晨，什麼事也沒發生，活動很快就結束，我們都紛紛離開草坪，留下白花花的陽光與午後。沒有什麼遺憾或不遺憾的，我看了他一個早上，並不想和他認識，也許在這個廣大校園，每一個人像一條魚游來游去，而我可能永遠都和他失之交臂。

但是從另一個角度來看，卻又好像必須喟嘆一下，尤其對一個從來沒有擁有喜歡看的男孩，而又已經二十來歲的女孩而言，突然在一個無意義的早晨裡，很意外地撞上一個她喜歡看的男孩，也許再一個二十年，再兩個二十年，她已經變成一個滿臉皺紋、裝著假牙的老太太，而都不可能再有這樣的事發生，那，不可惜嗎？

當然，我是不可能掛出一個尋人啟事在校園裡尋找他的，對我而言，任何刻意的事都是違反自然的。

我，熱愛人類的和平；喜歡真實的自然，正如同D．H．勞倫斯的父親的哲思：許多美麗的事物，不一定要擁有，欣賞可以使人的眼界更寬廣。

會不會因此而錯過一場壯觀的愛情？

關於愛情，我總以為它是一種腦子裡的活動，而不是身體的行為。

故事真正的開始，是一九八二年秋天，時隔一年多了，能夠再次地相遇，真是令人驚奇的。

天氣涼爽爽，學生咖啡店坐無虛席，鬧哄哄的人潮，像麻雀一樣吱喳的聲音，爬牆虎沿著屋簷一路爬到窗口，有些葉子轉黃，有些偏紅，一個小小的木造咖啡店，黃澄澄的燈，燒得濃濃的咖啡味。

午餐以後，還沒有人要離去，許多人等著一杯午後的咖啡或奶茶，我讀一本枯燥而且嚴肅的經濟學，卻非常想睡覺。實在想不清楚經濟繁榮，要繁榮到哪裡去？我不是太耐煩這些繁榮的，但我不是一個宇宙的裁判者，也不能說：「好啦！停住！停住！都回家去吧！自己耕種、自己種咖啡豆、自己蓋房子……」我什麼都不會!!後來我又想到恐龍時代，為何突然消失了？或許並不突然！總之，我的腦子昏昏沉沉，我不喜歡世界太前進，卻也不喜歡它太倒退。

我凝視窗口的爬牆虎，秋天的陽光打在我臉上，隔著窗口的玻璃，他，潘騎著車子前來，我沒看錯吧！也許陽光令我眼花，我又仔細看個清楚，沒錯，是他！他停好了車，抬起頭看看我，朝我微笑，那樣子好像我們是相識已久的老朋友。我的心噗通了一下，臉馬上紅了，猶如進行某種偷窺，不小心被人發現。

他推開棕色的木門，走入洛史都華的歌聲之中，有人和他打招呼，他沒有停下來，一直走到我的面前。

「可以坐下來嗎？」

「可以啊！」

「可以抽菸嗎？」

「可以啊！」

「對不起，我在等一位朋友，約在路口見面的，卻一直沒來，我累極了，需要喝一杯咖啡，妳的位置正好可以瞧見那裡，所以和妳共用一張桌位。」他向我指一指路口，表示他說的是實話。

在等待的過程中，我們試圖打破緘默。

「太嘈雜了！這個店！」服務員已為他送來一杯咖啡，他轉動著咖啡杯，與我面對面。

說實在我比較喜歡他的側面，正面感覺太乾淨了。

「一直都這樣吵。」我回答。

「這樣吵書讀得下嗎？」

「正好讀這一本厚重的經濟學，否則要睡著了！」

他大笑了兩聲，令我覺得滑稽。

「我好像見過妳?!」

「是在去年的三月的草坪上。」

「是嗎？我不記得！也許是的，我常常把一些事攪在一起，尤其是關於時間、地點的，可是我想我是有妳的印象！能不能說說那天的情景。」

「也沒有什麼的，是一場學校裡的活動，你坐在我身旁，後來活動結束了。」

「沒有一句對談嗎？」他懷疑地問。

「沒有！」

「那可能我在思考一些什麼吧！真是有趣，第一次見面竟然都沒說上一句話，第二次見面才開始說話。」

「說話太多也是一種負擔吧！」

我看了看手錶，下午的經濟學差不多要開始上課了。

「對不起，我必須離開了，否則上課要遲到，這位置就完全讓給你了！」

「可不可以留下一個通訊的電話？」

我想了想，撕下筆記本的一角寫了七個阿拉伯數字給他。

我們彼此道了再見，午後的陽光仍然燦爛，穿了一件羊毛衣顯得太熱，然而又不願意脫掉它，我就是這麼一個拘謹彆扭的女孩，平凡的相貌與內在，對於浪漫的事不敢嚮往，我不會憧憬他什麼時候來一個電話，所以他要一個電話號碼，而我留給他，不過是雙方的一場禮貌罷了！

過了秋天，我已穿起米色大衣了，我的經濟學修得一塌糊塗，但我的中國通史與藝術概論表現得不錯，我預備寫一篇關於中國繪畫藝術與創作心理的報告，為了是不是以歷史作為串通的主軸，我花了半個月時間苦思，我甚至想到如果不要以歷史，而是以音樂的話，那應該會更精彩一點，當然對於繪畫的時代背景還是要做交代的，我愈想愈複雜，這篇報告變得非常宏偉而磅礡……後來我不得不放棄了，因為我落下的第一個字，讓我覺得它像是一隻螞蟻，要多少隻螞蟻才能完成一部宏觀的鉅作呢？

我完全沮喪了！

這時，他來了一通電話。

「喂！請問是×××××××（電話號碼）嗎？」

「是的！」

「我找一位——，對不起，我不知道她的姓名，我忘了問她！」

「那你可能打錯了！」

「喂！喂！妳是不是她呢？」

「她是誰？」

「就是我剛說的那位女孩，她只留給我電話號碼，我們第一次在草坪見過面，第二次在咖啡店見面的！」

是他?!

「我叫潘，妳是她吧?!」

「是的，我是她！」

「真鬆了一口氣，妳在幹嘛呢？」

「想一個失敗的報告。」

「願意出來嗎？天氣滿冷的，我有兩張音樂會的票，莫札特的，我以為妳忘了我！」

我喜歡莫札特，我看過他的傳記。

「沒有忘記，什麼時候的音樂會？」

「今天晚上，天氣滿冷的，多穿一點衣服，我去哪裡接妳？六點鐘學生咖啡店門口好嗎？」

「好吧！」

「喂！妳會不會忘記了我的長相呢？」

「不會！」

「哦！那再見。」

「再見。」

我們很順利地參加莫札特的音樂盛宴，《費加洛婚禮》歡騰而熱鬧，非常戲劇性的高潮。當然我沒有忘記他的長相，但是才兩個月時間，他變得非常瘦。

「因為一場感冒的關係吧！不好意思傳染給妳，就一直沒找妳。」

「真感謝你！」

我們的車騎在夜霧迷漫的海洋城市馬路上，說話時都哈出白煙。

午夜即將來臨，海港的船鳴如同樂師一般，即將奏鳴清笛。

「等一等，把車子停起來吧！」

他把車子停靠在港邊，「怎麼回事？」

「再兩分鐘會有船叫的聲音。」

他意會地微笑，點點頭。

我承認我的思維方式經常受電影畫面，像柏格曼、楚浮等大師的影響，而且經常是非邏輯的。這一時刻的夜與港邊，就令我有種落淚的衝動，當鐘聲與船鳴同時驟響在一九八二年十月五日的零時零分零秒，我知道它永遠不可能再了，卻也永遠在我與潘之間，這種感覺接近於一種稀有的偉大性——世界把這一分鐘留給了我們。

潘沒有跟我談起他的家庭、他的經歷、他的身高、他的體重，甚至他的血型……我只知道他叫潘，他念考古系，他喜歡研究地圖，他愛莫札特與梵谷，他有一部二手的摩托車，以及一隻名叫「伊・麥修斯」（Ian Matthews）的狗。

Ian Matthews有一張專輯叫做《*Walking a changing line*》，潘因為喜愛這張專輯故為狗命他的名，以為紀念。

為何不取名莫札特或梵谷？他認為那太古典了，他不想養一隻太古典的狗，而且他喜歡「轉化」，人一直一直在轉化，狗也會一直一直轉化。我告訴他，或者改個名字叫「蝴蝶」會更貼切一點，但是他覺得那太娘娘腔，沒有一隻狗會取名叫做「蝴蝶」的，何況那是一隻公狗。

伊・麥修斯是一隻土黃色的土狗，長得其貌不揚，卻很友善。

他說：「好看的事物太多了，友善卻太少了！」

伊・麥修斯後來被他送給一位鄉下的朋友，一來他馬上要畢業了，二來管理員一直不喜歡他在公寓養狗。

我不太深入潘的生活領域，這意思是指我和潘的交情僅是他的一部分，他的其他部分我並不參與，潘之於我也是。他的朋友很多，卻習慣孤獨，沒有特別的歸屬感觀念，或許是孤獨的特性使我們更靠近一點，而我的朋友稀少，我經常認為：我是我父母的女兒、我是一位大學生、我是橘子的好友、我是柏格曼的影迷……我屬於父母、屬於學校、屬於橘子、屬於柏格曼……我非常羨慕潘的獨立和自由，他的孤獨是一種前進，我的孤獨卻是一種保守。

我和潘約莫兩星期見面一次，有時是走走路，從市區的東邊走到西邊，城市的景致很貧乏單調，重複的高樓大廈、百貨商場及人群，我們還常到山上湖邊，看月光。

城市的擴展力是相當大的，自然逐漸縮小到只有一、兩點，山湖有一種沉靜的美，不同於海洋的壯闊。

「優雅是我這一生所追尋的。」

他躺在湖邊的斜堤上，黑黝的山林沉睡著。

「我什麼都不追尋。」

「包括愛情嗎？」

「或許吧！我不太確定。」

「那麼什麼時候我可以吻妳。」

我想了想：「天黑的時候。」

於是他就吻了我，那個吻大概有十分鐘。

後來我稍微了解潘的背景，是他邀請我到他的家裡拜訪的時候。

那是郊外的山上社區，種滿許多綠樹，數不清，大概有五、六千棵吧！五、六千棵綠色的樹釋放出來的氧氣與陰離子，讓人的肺部無比清新。這社區看起來相當高雅，以一個學生而言，很少能夠單獨租得起這樣高級的住所。

潘的家，大約五十坪左右，三房兩廳，潔淨而簡單，看得見落地窗外大片視野的山林氣象以及散發水氣的小湖，如果開窗的話，也許一朵誤飛的雲就會撞進來。書房裡有一排相當大的木櫃子，放滿唱片，潘說有三千張以上吧！他的伊．麥修斯很安靜地躺在唱片櫃旁邊的地毯上打盹，不像一般的狗那樣神經質的，遇見陌生人就汪汪叫。書桌上的一個小木架很整齊地排放著一堆來自日本的航空信，信封上的收信人，有的寫中文，也有的寫的是日文。

「黑川佑二，他是你嗎？」我看著信封上的日文人名問他，中文的我知道正是潘。

「黑川佑二？是的，他是我。」

「真是有趣，你竟然有個日本名字，是女朋友的來信吧！看起來像是女人的字跡。」

他搖頭，說：「是我的祖母，她是一位日本女士。」

「哦！你是日本人嗎？看不出來。」

「四分之三是中國人，四分之一日本人，祖父是中國人，父母親也是中國人。」

「混血的中國．日本人！」

在二分之一世紀以前，在一個尷尬的時代背景裡，一名中國男人與一名日本女人放棄了（或者不顧了）民族之間的爭戰與歧視，而甘心情願地結合一世，聽起來是一個偉大的愛情，經過許多年，類似這樣的婚姻已不足為奇，可是當時他們面臨的壓力也不小吧！

「本來一直住在這裡的，祖父母住在福岡，去年祖父去世，只剩祖母一人，所以全家都搬到福岡了。」

福岡，福岡是在哪裡？關於日本，簡單的日本地理常識，只知道繁華的東京，古風的大阪，卻對福岡一無所知，只聽過這個地名而已。

「祖父去世了，祖母仍然健康，喜歡插花和畫圖，父親是一名商人，很忙碌，母親是家庭主婦，最喜愛烹飪，還有一個弟弟。」

「對不起，無意探索你的隱私。」

「不要緊的，只是一些家庭背景的簡單介紹。」

他打開抽屜，取出一張照片給我看。

「我的祖母與少年的我！」

是一張黑白照片，潘的祖母穿著一套和服，瘦小的身材，散發一股甜美的神韻，尤其那一雙黑眼睛與潘像極了，透露光一樣的明亮，像星星的光，少年的潘留一頭及肩的髮，驕傲的表情，頭仰得高高的。

「她有一雙美麗的眼睛。」

他笑了！

「嗯！現在仍然一樣的美麗。」潘看著照片，又繼續道：「我常常想，一旦老去的時候，身體任何部位都衰老退化了，只有眼睛不會老，仍散發青春的光，等到完全死去，身體的皮相脫去了，靈魂從眼睛出去，回到原本的純潔。」

我笑著拿過他手中的照片，道：「你看，你的祖母，她有一雙年輕的眼睛，卻躲在年老的面具裡，可是我們都識破了她的表象。」

他很開心的同意了，又告訴我一個故事。

「祖母，很愛說故事給我和弟弟聽，我們已經很大了，她還是愛講。她最常說兩篇童話，一則是桃太郎，另一則是白皚皚漫天漫地的冬日大雪裡，所有動物都冬眠了，世界上遺落了一隻狐及一隻兔子，在雪地裡，狐看見瑟縮發冷的兔子，卻沒有吃掉牠，而是擁抱牠，兩人互相取暖。祖母說：她是那隻狐，而祖父是那隻兔子。」

「真感人的！」

我突然想到一件事：「那麼，你很快就要離開我和伊・麥修斯？」

他看著我，遲疑了一下：「是的！」

「會再來嗎？」

「如果我想念妳，一直想到不能忍耐之時，就會來吧！」

「萬一沒有那麼想呢？」

「送給我一張照片吧！我每天看就會一直想。」

我緊緊擁抱潘，在二分之一世紀以前，他的祖母是否也如此緊緊擁抱著他的祖父?!

「你是狐，還是兔子？」我問潘。

「都是！」他回答。

「那麼我呢？」

「也都是！」

我對於潘的感情，出自於欣賞的成份多過於擁有，我無意進入他的世界，或者期待共同的未來，畢竟他與我是不同領域的人，但不代表我不鍾愛他，是的！我鍾愛他，更甚於我愛他，因為我知道終有一天他將離我而遠去，而我並不會留住他，只會更深更深地祝福他，並想念他。

潘送走了伊．麥修斯以後，接著已打點好了行李，訂妥了飛機票，那是七月初之時，學校的畢業典禮早就過去了。

為了與我有更多一點時間的相聚，他延緩了回去的日期，像一隻鳥一樣，他終於還是要飛走。如果他是一隻候鳥的話，也許我們還能維持季節的愛情，如果他是一隻迷鳥呢？

最後一晚，我們在海邊旅館，沒有走到沙灘，那一夜至少有一千次以上的浪打上來、又落下去的潮水聲，從旅館房間的窗口往外看去，海洋已被黑夜吞噬殆盡，一輪圓月由海上升起。我們哪裡也不想去，只想一直待在旅館房間裡。

「舉杯吧！潘，祝福你。」

我們對飲起來，冰凍的可樂啤酒（啤酒加可樂）滋味真不錯，歡暢無比，清涼至極，我們一直喝，一直喝，直到最後一滴酒都沒有。

「再去買吧！」潘說。

可是我們都醉得走不到房門外。

「完全都走不動了！」我說。

「那麼，我們應該睡一場覺了。」

潘倒在床上，我也倒在床上，我們相擁而眠。迷迷糊糊之間，潘猛然想起一件事。

「夜裡的天空有流星雨，尤其在海濱與山間。」

「想到沙灘看流星雨嗎？」

潘搖搖頭：「完全走不動了。」

他的眼睛閉起又張開，很嚴肅地表情。「只有真純的世界才會有星星，有一天星星消失了，這個世界將會變得混亂而醜陋。」

潘是喝醉了，每一句話都像夢囈一般。

「你喝醉了，潘，你胡言亂語一番。」

潘的眼睛又閉起：「哦！滿眼都是星，我和星星在一起，我一直、一直都和星星在一起。我離開之後，我就變成一顆星，在妳的天空裡，而妳也變成一顆星，在我的天空裡。」

潘的話像語絲一般，逐漸逐漸模糊了聲音，他睡著了，眼角有淚水。我為他蓋上了被，躺在他旁邊靜靜睡著了，心裡有幸福的感動，我想潘的淚明晨就會風乾，不必拭去的，我們終於喝完了一場可樂啤酒，就這樣為潘送別。

我沒有機會到機場送潘，我一直不喜歡離別的場面。我在唱機旁邊聽著一遍又一遍的莫札特《小星星變奏曲》，多麼和諧而純潔的樂音啊！

每個夜裡，我想念潘時，就看今晚的天空是否出現星星，如果是，表示潘也想念我；當然我也常和星星對話。

校園裡，還是經常舉辦一些什麼的活動，但都引不起我的興趣。橘子與猴子不斷地邀約我——加入我們吧！年輕就是要快樂。大多被我拒絕了！

我從來沒有想過要對潘說：「加入我吧！年輕就是要快樂。」如果我這樣說，他會留下嗎?!

如同過去見面的規則，他差不多兩星期來一封信。信很簡單，也許幾行字就結束了，有時候談他那天做了什麼事，有時說對於許多名詞的看法，有時說他想念我……

突然在一個冬季的冷鋒之後，他就完全沒有來信了。我的最後一學年結束了一半，我正忙於那篇關於中國繪畫藝術與創作心理的畢業報告，這個事情混亂了我，但我無法分心去探索不來信的原因，我只能告訴自己，或許他在忙著什麼，福岡太遠了，火車沒辦法越過海洋前往福岡，而我又不能去搭飛機。

因為忙碌的關係（我必須跑遍大大小小的圖書館、讀一大堆厚厚的書籍、寫一大篇長長的文字報告），我也沒辦法看星星的。也許星星哪天出現了，而我不在，星星會擔心嗎？

死亡的消息傳來是在一九八四年的盛夏。正是我與潘分別整整的一年之後。深深地震撼了我！

在遙遠的國度，一場車禍奪去了他的生命，我終於失去了他，完完全全的失去了！

這則訃聞是由他的母親寄來的：一半日文、一半中文，是張白色的小卡片，另附一則他母親親筆書信。

黑川佑二不幸於一九八三年的冬雨之晨，穿越馬路時被一部卡車撞倒，之後昏迷不醒，醫生宣佈腦死，但仍有心跳，靠著呼吸器的幫助，尚存氣息，我們一直在等待他的甦醒，遺憾的是經過六個月的努力，他還是離我們而去。

現在他的心再也不跳動了，然容顏安詳，仍留昔日光彩，算是一種寬慰吧！死亡對於黑川佑二而言並不痛苦，而是帶他前往另一處更純潔之處。

知道妳與黑川佑二是親密好友，許多妳曾寄來的信，不能親自閱讀，深感歉意，黑川佑二已於七月初五正式入殮，妳的所有來信與黑川佑二的遺體一起火焚，他在天上將可明瞭妳的心意，有妳的文字相伴，黑川佑二也不寂寞了。

匆促之間，告訴妳這件不幸的消息，一定讓妳難過非常，請妳務必見諒未在事發之時立即通知，而是事隔半年以後，因為我們原本一直相信黑川佑二能隨時活過來。

敬祝　平安！

潘母　敬上

潘，死了！

怎麼會這樣？

是他的母親與我開一場玩笑？或是潘與我開一場玩笑？

潘說他想念我想到頂點時，就會來看我，而如今他永遠不會來了！潘成為了一隻永遠無法蛻變成蝴蝶的毛毛蟲！

這以後，除了白蘭地，我再也無法愛上任何！

我沒辦法再到學生咖啡店啜飲咖啡，咖啡店的人潮一樣地擁擠喧嘩，他們不知道在窗口角落，潘與我第一次正式談話，而潘已死去！我也沒辦法再回去校園的草坪，他們的活動重複地在進行，沒人明白曾經在這裡我與潘首次相見，我一直一直欣賞他的側面，而潘已死去！幸好！我不必再回去了，回去那一種可怕的年輕裡，我已離開了，離開了大學，離開了潘！

然而星星們也在悄然之間離開了我，我徹底地孤獨了！如同潘的醉語，星星離去，世界將會一團混亂與污染，潘沒有死去，只是與星星們一同離去！

離去哪兒？

這就是我與潘的愛情故事，你可以認為它和旅行者寫的那篇〈星星小鎮〉

的文章一樣不夠精彩，不夠動人，甚至沒什麼性愛的場面，只是一些片段的敘述，單調而乏味，然後就像那些編輯一樣把它列為不受歡迎的類別中。然而對我而言那是非常非常重要的成長經驗，至今我回憶它時，胸口仍然會隱隱作痛，那不同於失戀，失戀只是你的愛人與你結束了戀情，而他可能又開始另一段新的愛情，我們可以祝福他更加幸福美滿，他還存在的，雖然愛人已不是自己，可是有什麼關係呢？只要他真正的快樂。可是潘不一樣，他躺在冷冷的墳墓裡，永遠被埋葬起來，我怎麼知道他快不快樂呢？我甚至都沒能去探望他的墳墓。

我必須承認正因為如此的關係，使我在嘗試新的一切事物有一種嚴重的愧疚感，是出於一種不平等的以為吧！假使潘活著，或許會減少這樣的愧疚感，問題是潘已沒有機會了。我的男人認為我是他的對象，他卻不知我的對象早已死去。

最後再談一下對於死亡的看法。

聽說某個國家有個大象塚，所有大象們將死的時候就會到那裡等待死亡，死了許許多多的大象了，大象的屍骨堆疊如山，有許多不法的商人偷偷地跑到大象墳墓區偷取象牙。

這事會引起潘的不平。

「對於死者，我們都應報以最高的敬意與尊重！」

「在我四歲的時候，我的一隻鸚鵡死掉了，我以為牠和玩具一樣，只是暫時關掉了開關，第二天還是會哇啦哇啦的學人說話，但是牠都沒叫，被埋在一棵樹下，我問大人為什麼要把玩具埋起來，玩具壞了丟掉就可以了！他們回答：那是一隻真正的鳥，跟人一樣都會死的，鳥不是玩具。我那時想：那麼我四歲，我會不會死？大人會不會把我跟鳥埋在一起？」

潘笑著說：「如果我死了，我要沉沉地睡著，很寧靜、很寧靜，不像最初誕生的嚎啕大哭，也沒有傷心的淚水，然後我的靈魂要游到最純潔的地方，我喜歡死亡。」

「我倒是比較喜歡像那群大象的死法，全部死在一起，有一種壯觀之美。」

當時的討論都是信口開河，潘一如自己的願望：沉睡地死去，不知潘是否已游到最純潔之地，而他是不是真的喜歡死亡。

13

或許那位旅行者又提著他的行李，不知去哪裡旅行了！我寄給他的稿費竟然退回出版社，我馬上要離職了，必須儘快處理這件事。

按著他來函的住址，我找到的他的通訊處，是市區邊緣的一幢舊式大宅邸，院子相當大，高大的樟木樹直立在院牆邊上，約有十棵一路排到大鐵門，鐵門深鎖，院邸沒有任何聲響，非常神祕的樣子，主人不知在不在家。我按一按門鈴，許久沒有回應。門鈴從大鐵門穿過院子到達房子裡，也要有一段時間吧！我等了五分鐘，再按一次門鈴，又等了五分鐘，便想轉身離去。

這時房子的門咿呀了一聲，一個中年男人的宏亮聲音響起：「誰？」

「哦！是雜誌社的編輯，有位旅行者曾經來過稿的！」

中年男人快步地走出來打開大鐵門，又問一次：「是雜誌社的編輯？」

「是的！」我向他禮貌地點頭。

出乎意料的，他不是中年男人，而是白髮蒼蒼的老先生，應該有七十歲以上了，卻感覺不老，看起來容光煥發，精神奕奕極了！

「請問您是旅行者？」我隨即又問。

「是的，歡迎請進！」他非常客氣而熱情地招呼著。

我隨他進入屋內，院子種滿韓國草，以及許多叫不出名字的奇花異卉，還有假山水池，養著鯉魚，很中國風的。

他請我坐在寬敞客廳的太師椅上，茶几擺著一個大花瓶，插著許多唐菖蒲。

然後他問：「妳來是關於稿子的事吧！」

「是的！」我拿出雜誌及稿費信封，「您的〈星星小鎮〉文章，我們已經刊登在上一期的雜誌了，但寄給您的雜誌及稿費都退回來，所以親自送來。」

他聽了非常高興的大笑兩聲：「真的登出來了！不好意思讓妳多跑一趟。」

他接過雜誌及稿費信封，翻一翻他的文章，又急著從藍條紋的襯衫口袋內掏出老花眼鏡，戴上，瞧個仔細：「真好，這樣編排比原來凌亂的手稿好看多了，真感謝妳！你們的雜誌一直很好看的，也印刷得很好，我很喜歡的，沒想到自己的文章也能刊登上了，請坐一會兒，我為妳沏茶，對不起，高興得忘了沏茶。」

我本來想，東西交給他馬上就走了。

「不必忙了，就這樣的事而已，我該告辭了！」

「沒關係，妳親自跑一趟，很麻煩妳，我前兩天才剛從南非回來，去了一個多月，所以沒有收到妳的信。」

旅行者沏好了茶，又端了點心，請我務必要品嘗一番。

他坐在我的對面，再次翻閱他的文章，然後若有所思地說道：「真的是一個很特別的小鎮，外表看上去很平凡，比普通的小鎮更普通，可是到了夜晚，卻散發異樣的星星的光芒，似乎到了宇宙的邊端，被星星們團團圍住了。」

「您一直沒有明白地說，那是在哪個地方。」

「哪個地方？」他停頓了一下，「我想想看！」

旅行者陷入了長思，半晌，他搖搖頭道：「我年紀大了，常常忘了這兒或那兒，加上這幾年我走了太多太多地方，所以不時也會發生地理錯置的笑話。有時候甚至懷疑其實那些地方我根本沒有去，只是做了一場夢而已，我常常也把現實和夢境攪在一起，比方說：我的太太幫我做好了菜，要我去吃飯，走到飯桌，卻發現沒有任何東西，原來是剛剛午睡時做的夢，然後才想起來：我太太兩年前就去世了。所以關於星星小鎮確實的地方，我也要好好想一想。」

「可能您也沒去過星星小鎮，只是在往東線的火車上睡了一覺，然後做了一場夢，以為自己搭錯了火車，搭成西線的，到了星星小鎮。」

如果是這樣子的，那真令人遺憾啊！

「這樣說，好像也有可能。慢點，我想想，請再等一等。」

旅行者離開座位，到房裡好半天，才又出現，手中多了好幾張地圖。

「讓我再仔細推敲一下。」旅行者翻過一張又一張的地圖，最後取出其中的一張，又看了半天。

「是這張地圖，沒錯！」他肯定地告訴我，又道：「搭飛機，抵達A市，從A市搭西線的火車，一直往前，經過B市。」他又停了一下，提醒我：「妳知道我原本是要搭東線火車，搭錯了，搭成西線的。」

我點點頭。

他看著地圖的鐵道線，一路延伸，最後停了下來：「好像這，又好像那！可能在C市附近吧！我不太確定了，你知道我因為搭錯了火車，所以一慌張就沒在意它是哪裡，待我第二天離開時，想起來，火車已經又過了B市，往A市去了，所以我肯定它是在B市再過去一點（往C市的方向），這一點是多大點，我也不清楚了。」

這樣說，好像又不是夢了，然而究竟是不是一場夢呢？誰有多大的把握?!

我很客氣請求他：「能否把這張地圖送給我？」

他爽快地答應了：「可以啊！」

「謝謝您，那麼我告辭了！」

他送我走到大鐵門，我向他告別：「再見！旅行者。」

他爽朗地揮手：「再見！我們都是旅行者，流動生活中的時間旅行者。」

不管他的健忘症有多糟糕，也許他自己的名字也常常不小心忘掉了！或者他老是分辨不清現實與夢，我想，我是喜歡這位旅行者的。

問題是：星星小鎮是他哪一部分的經歷？現實？或者是夢？

14

我要去尋找星星小鎮!!

以一個不是藉由實際採訪經驗，去了解各地自然與人文風情的旅行雜誌編輯而言，那些他平日所熟悉的風光景點及民俗文化，不過是透過圖片及文字資料而獲得的，那些資料帶給人們想像與美感的空間，和實地的真實情況往往差異甚鉅，精彩的圖片總是迷惑人的思維判斷，優美的文字亦是美化、塑造出來的情境。

比方說：我們看中國的黃土高原，綿延千里，形成壯觀粗獷的場景，那些土窯洞更深具黃泥土原始風味。然而真實呢？漫天漫地的黃沙滾滾，貧瘠而乾燥，惹得人滿身塵垢，而土窯洞內擁擠骯髒，一家人擠在一起吃飯、喝水、撒尿、大便……等，更別提洗澡的事了！

我們都只是喜歡虛浮的美好假面罷了！

坦白說：我不喜歡旅行！

我討厭奔波，喜歡住在同一個地方，過規律的生活。假如我真嚮往巴黎香榭麗舍大道的午後咖啡，或者威尼斯的水都行船、京都金閣寺的銀白雪景，我只要一翻旅遊圖冊即可。我不特別願意花那麼多錢做無謂的觀光，滿足虛榮，而且我不喜歡搭飛機，除了空難事件令人害怕之外，那種凌空的感覺，也令人頭暈目眩。

我當然喜歡鳥的自由飛行，但不代表我因此要去愛飛機！如果我是一隻鳥的話，我將習慣於飛行，也不會存在什麼懼空症的問題，但我不是一隻鳥。此外，我不喜歡與陌生人交談，要經常向人家問路或者隨意地閒話家常，常讓我感到極度冒昧。所以，就知道對我而言出外旅行是多麼難的一件事。

現在我提起一只大旅行袋，準備真正地旅行了！沒有人來送行，也沒有人會在異地為我接機，我常常屬於那麼多人，那麼多人卻對我不具影響性。這樣的發現，是令人沮喪的。

我無意用觀光角度去探索A市、B市及其他城市的表面，也不願像許多敘景式或自我表現的旅遊文章一樣去描繪它們，我對這些城市並不感興趣，我只是經過它們。所以，以下我僅以日誌筆記的方式（有點像流水帳），簡要地記錄尋找星星小鎮的過程遇中間的發生。

我的行程如下——

A出發（飛機）→A市（西線火車）→B市→星星小鎮

或B出發（飛機）→A市（西線火車）→B市→C市→星星小鎮

（因為旅行者搞不清楚星星小鎮是在B市過去一點的地方，還是在C市附近，並且他始終沒問明白星星小鎮真正的地名究竟為何！）

這個行程表看起來很簡單，最大的問題是，我根本不知道目的地是在什麼地方。

15

四月一日

愚人節。

一早濃雲，灰濛微雨，搭飛機前往A市。

機艙內齊聚各種不同膚色的人類，彌漫極單調而沉悶的氣氛，懷疑自己在做一件蠢事，幸好今天的節日給予最好的理由。

晚抵A市，天黑無雨。因為深夜已降，無法看清楚這城市的大致面貌，只覺它好大。

眼皮沉重，不能適應消失於原來的城市，出現在陌生異地的疏離感，但同時又隱約泛起一股雀躍的好奇心，原來貧乏單調的內在，也有可能開發的地帶。

宿一間三流旅館，熱水管調節有問題，一直流出很燙的水，燙得可以當場殺死一隻螞蟻或蟑螂。這些小動物們夜晚會出現嗎？

睡許多陌生人睡過的床被也很奇怪，共同傳遞著陌生的親密，最擔心是還有可怕的傳染病，和跳蚤！

四月二日

A市從深層裡展現著大城市的雍容架勢，那是過去的歷史陳跡賦予它的悠遠特質。也許這悠遠如同一幕固定的場景，一直延續至今。因而，也一併繼承了昔時的緩慢節奏，以及略微散漫氣息。

在這兒走路的速度要比原本更慢了三分之一拍，甚至有一種悠閒的輕鬆感，因為所有的人都如此之慢，如果某個人顯得格格不入地快，那一定是外地人。當然，你也會比較容易原諒那位猛打呵欠、一再重複問你去哪裡的火車站售票員。

終於，花了十分鐘，買到一張明天的西線火車票。

A市前往B市須花一天行程，B市到C市也得半天行程。

在陽光照耀的古老道路上，享受純粹的散步，順便問一些交錯而過的當地人，沒人知道何處是「星星小鎮」。

遇見一家古老戲院，意外地重看一部好老的費里尼舊片《卡加拉利之夜》——滄桑的賣春女人，永遠得不到愛情。她依附的改變全仰賴一個男人給予她真正的愛，並與她結婚，使她重生，但最後仍然被欺騙。女人的悲劇是聖母瑪利亞也不能幫的忙，瑪利亞無法教導她，真正改變你自己的，是你自己，不要盲目相信愛情。

又：買四張Paul klee的繪畫郵卡（Post Card），其中一張不規則的寬闊大道準備送給橘子。

旅館的熱水管仍然有問題。幸無跳蛋。

四月三日

A市火車站像一個亂糟糟的難民營。我們猶如密集的螞蟻，等待一列列將我們載往其他陌生城市的火車入站。

很困難的擠上火車，沒有空調，幸好買到的是較貴的坐票，不必和擁擠的人群一路緊貼到終站。火車行進的速度也是很慢的，幾乎每個小站都會停靠數分鐘。

坐在一旁的中年男人對於我正在隨手書寫的筆記本深感好奇，不時探頭湊過來探視一番，然後對我微微一笑，我懷疑他看得懂什麼，除了幾筆潦草的景物素描外，中文他看得懂嗎？很慶幸在過A市後的一個小站他下了車，臨走時還請求我撕一張凌亂的字跡紙頁送給他作紀念，我拒絕了。

火車搖晃得厲害。

沿途無風景，經過灰色鄉鎮，一叢叢低矮房舍，凌亂地錯落，有許多垃圾。

是誰說的，賦予「被視物」意義的，是觀看者的心情。

顯然我的心情不佳，有一點水土不服的症狀出現，久處長途火車的密閉空間內，令我頭疼欲裂，只好吃一顆止痛劑拯救自己。

夜車馳走，一晚無眠，數著火車隆隆的聲響與固定節拍。看見黎明出生的太陽，有一種想哭的衝動，彷彿要隨這列火車經過偏僻落後鄉城、廣闊叢林與高山，最後進入無垠草原，從絕高的懸崖奔向海面上的火紅朝陽……

四月四日

火車近午抵達B市，休息十五分鐘。

因為沒有下車，所以不清楚B市的樣子。當然所有的月台風景幾乎都差不多，漫長無盡的軌道，通行的水泥月台上空蕩著風，要上車的人還被堵在鐵欄入口處內焦急等待。

趁此間歇的空檔，寫郵卡給橘子，想到墨爾克給羅巴赫伯爵夫人的信：「幾星期以來，除了兩次短短的談話之外，我一句話也沒說，我終於孤獨的閉鎖了起來，我在工作，就像果核藏在果實之中……」這段話。

郵卡的內容是這樣的——

親愛的橘子：

應驗妳崇拜的偶像瑪莎・葛蘭姆現代舞蹈大師的名言：「人生苦短，及時行動。」

我現在正在一個異域的B市月台火車上，進行一趟不知終點的旅行。

旅行真是一件辛苦的事，這是我深刻的體會。

結婚愉快嗎？

一名孤獨的旅人

火車繼續出發前往C市。

B市與C市之間共有三個小站，我決定在第一站下車，站名叫「棕櫚樹」，有意思吧！

但是構成這小鎮的外觀卻與它的命名完全無關。日暮時分，我站在棕櫚樹的街道上，並未發現任何一棵棕櫚樹，整條縱橫交錯的街長滿高大的桐樹，處處皆是。我想這可能是一個歷史疑點了，可能原本長滿了棕櫚樹，因某個鎮長的旨意或不斷掉落的棕櫚果實妨礙行人走路，於是在某個時間的點上，一律將棕櫚樹拔光，重新種植寬葉遮蔭的桐樹——純粹想像！

透過一隻鳥的指引，找到一間旅館，鳥的窩便築在旅館的屋頂上。

太陽很快地完全沉沒。

所有的街燈與店招霓虹燈瞬間驟亮，包括串連在成排桐樹上的小燈泡，一起將街點燃起來，十足耀眼燦爛，像是慶祝某個特殊的歡樂節日。但其實不是！

在旅館對門的一家小Pub，喝杯調酒時，酒保告訴我，這不過是每晚的例行公事，這些燈飾不僅建立起小鎮的明亮形象，也維繫著人與人、小鎮與人之間的關係。在這兒，你不必處處戒備、心懷敵意，你可以自由自在地喝酒，沒有人會去騷擾你。

當然，看見一對公然親熱的同性戀者，也就不顯得意外了！兩人都長得相當帥勁十足，想起保羅紐曼與勞勃瑞福。

因為喝太多酒的緣故，抱著一棵桐樹唱起歌，記不起唱什麼歌了！不知幾點返回旅館房間，癱著睡著。來不及憂慮有沒有一隻跳蚤。迷迷糊糊！

四月五日

可以肯定的，「棕櫚樹」並非星星小鎮。

旅館服務生說：「誰知道什麼星星小鎮，棕櫚樹的燈不就是星星嘛！還可以一閃一閃的。」他只管夜晚在輝煌的燈光下盡情浪漫，他才不管星星呢！

這是對的！我同意他的看法。決定明天前往下一站。

白天走遍所有桐樹街道，也等於將這個小鎮逛了一圈，才終於明白所有的燈光效果無非彌補這個觀光小鎮的空虛。

傍晚再到同一間小酒吧喝酒，卻一直保持清醒！

那一對同性戀者消失了！

為什麼「棕櫚樹」不改名為「桐樹」呢？

四月六日

早晨的火車。

停靠的這一站叫做「高地」，因為四周都是一個個連綿的綠色小山崗，城鎮中心也在某個山崗頂上。真好的瞭望視野。

到了這裡，才想起離開前一個城鎮時忘了問題：關於鎮名「棕櫚樹」的由來！看來這種暫時失憶症的發生情況不在於年齡大小，完全是個人因素。

這兒的雲都好大一朵。一朵一朵像參加團圓的家族聚會，也讓人隨之溫暖起來。據說是因為山巒密佈之故，才使漂流的雲駐足迤邐。

每個綠原山崗長滿了春天白色的小野花，起伏延伸成片，盛放著純潔之姿。正與天上停留的雲相互映襯。

而男人女人們都很善良好客。

比如：向一對正在爭執不休的老夫妻借問何處有投宿的旅館，他們好心地帶我到一家名為「卡農」的飯店。在去飯店的路上，兩人似乎忘記了吵架的事，還有說有笑地為我大致介紹高地風光，不知離開飯店後有沒有繼續吵架，我想是有的，因為兩人都很率性可愛。

卡農飯店的歷史悠久，大約一百年以上，牆面爬滿長春藤，室內燈光柔和，建築與陳設皆泛現時間之光。平滑古樸的傢俱木質表面，看起來如一名尊貴而平易近人的老紳士。安靜裡，流洩著古典音樂，怕影響客人，音量不大。

我喜歡這家旅館，像家，且典雅。

下午茶，寬闊餐廳有大型落地窗，綿延的山崗如畫浮現。

可以一直坐很久，都不煩。

因為雲朵太厚，夜晚無星。

這裡太優美了！不似旅行者所提：看起來毫不起眼、景色乏味的星星小鎮。

但是，我想多待一段時間。

四月七日

陰天。

早晨，霧落山崗。

佇窗看街巷，一片白茫茫，如墮五里迷霧中，震撼不已。

霧散盡後，天落雨。

雨中穿越彎曲街巷，拜訪高地已故詩人舊居。

是個花園小樓房，種著簡單的植物，地上都是青苔。

極靜謐。

樓房內有起居室、臥房、書房……以及詩人最愛的搖椅。

詩人的生活很簡單，早晨閱讀，午後小憩與咖啡，然後沉思、幻想，夜來臨時提筆三、五行。

在樓房門口牆面上，有詩人的字跡，鑲在銅牌上。

「我們追尋偉大的世界，
卻忘記寧靜的一隅。」

回程，頭仰天空，
看雨絲一陣、一陣直落。
如果在秋天，是否會更美?!
因為雨的關係，天空仍無星。
晚上在床上讀一本書——
Antoine de Saint-Exupéry所著的《*Wind, Sand and Stars*》。

四月八日

早晨天空比昨日更陰沉，那種陰沉壓迫在山崗上具有特別的張力。早餐時，名叫森的一個服務生，很善意地為我送上一盆紫羅蘭花。

我們隨便聊天，森的家在附近農莊，擁有一座湖，裡頭都是魚，有時魚會把頭冒出水面上呼吸，真是有趣的場景。

森非常年輕，二十歲左右，有一俊挺的鼻。從他右面看去，突然讓人感到一陣心碎，多麼像是潘的側臉。好奇怪，為什麼長相完全不同的兩個人，卻有極相似的側臉，這是人生怎樣的巧合呢？

但森的個性絕不同於潘，他更加開朗單純，像個大男孩。不像潘有一個巨大豐富的內在，可以包羅萬象，而外表看起來卻安靜自在。森的心靈世界則是你一眼就可以洞悉，他沒有掛礙，只是快樂生活著，他的世界就是生活本身，這沒什麼不好，森讓人開心，如同一個愉悅的弟弟一般。

氣象台播報將有一場風暴，天氣將持續轉壞。原本預定到露天咖啡座打發下午，只好作罷！

旅館經理請我不必擔心風暴，飯店建築雖然古舊，卻相當堅固。

電話到馬來西亞給男人，他非常驚訝我竟然沒告訴他就跑到一個陌生的城市，他要我多加小心，就像在叮嚀小孩一樣。後來又不放心地說他請假來找我，我說不用了，一切都很好，我越來越適應旅行。

掛上電話，佇窗看變成黑色的天。繼續讀書。

一夜充滿雨的聲音。

嘩啦啦的！

四月九日

暴風提前來臨。

困在旅館哪裡也不能去。

有一度還停電，大約兩個小時，幸好是白天時間。

服務員為我送來蠟燭，以免再度停電。

落地窗外整片山崗綿延之間，盡是強風呼呼吹襲，夾著猛烈暴雨，百年卡農旅館化身為咆哮山莊。

與旅館內的其他宿客一起在餐廳閒談。

前兩天住進的一名藝術家，顯得特別興奮，一再敘述他的創作理念，以及高地之美如何吸引他，他決定過不久後要遷居此地，邀約我們屆時可以去拜訪他！沒有人認真看待他的建議，大家禮貌性點頭而已，怕他不停地說下去，一名年輕漂亮的女客，乾脆請他喝杯伏特加酒。

當他喝酒之際，適時的安靜讓我們突然都覺得累得要命。索性癱在座椅上，也一起喝著酒，不知誰提議每人說一個生平發生過最悲慘的事。

我想了半天，不知該說什麼。

從來沒有人會要我講我的傷心往事，所有認識我的人都知道我不會去談論自己的任何，我只會聽別人的，我習慣當一名旁觀者，既靠近群體又不投入群體。而這些不了解我過去為何種人類的陌生朋友，卻不管這些，他們要我說一個屬於我自己的難過故事。

我說了！

所有人都聽得津津有味。

我說，我之所以在這個陌生的場域，與他們巧合相遇，在一起喝酒說話，完全是因為一位潘的男人之故，我在尋找他死亡後流浪的靈魂蹤跡，也算紀念我和他之間未完成的愛情。

四月十日

暴風雨明顯離去。僅留殘存的風和雨。

我一直待在房間內，陌生友人們以為我生病，前來叩門問候。

我說沒什麼的，Homesick而已。聽說出外旅行的第十天，是最想家的時候。我應該盡快結束我的旅行！

頭昏一天。直到晚餐時，藝術家講了一個笑話，才讓我稍微好轉。

好奇怪，竟然可以如此輕鬆地和陌生人分享偶然的友誼，真是不可思議。

我和他們一樣大聲地說話，盡情地笑，彷彿不是原來的我自己，我變了嗎？

不！我沒變。我只是無拘無束，這是旅行帶給我的自由感嗎？

對於這些今天歡聚一堂、明日轉眼天涯的素昧平生，我不想因我靦腆的個性而錯過了表達友誼的機會，雖然我一點都不期待我會得到什麼回饋。

就像再有一次機會，我絕不會再錯過潘的愛情，只有當我們真實地相愛過，任何形式的死亡才算是一個真正的句點，否則都將是一個終身遺憾。

夜晚十一點，男人來電，問我如何？

突然深覺寂寞，想靠在他臂膀上沉沉睡著。

四月十一日

晴朗的天。

我們一群人發瘋似的隨藝術家一起前往偏僻農莊，是森的家。他知道藝術家正在尋覓他未來的棲身所，很慷慨地推薦自家農莊空出的木屋。

森的朋友開一部卡車來接，載牲口的卡車，前座勉強擠了三個人，其餘都坐在後面牲口站著的車板上。

森的朋友叫強。

卡車順著山崗上上下下，直到平原，從中間一條筆直的狹長道路，劃過沿途兩旁綠色田野，兩小時後，終於抵達森的農莊。

森的所有家人全都出來迎接——祖母、祖父、父母、叔叔、哥哥、嫂嫂、哥哥的小孩們……，每個人臉上皆掛著和諧的笑容。

森的祖母像是一個懂得讀心術的女巫，她一見到我即說：「敞開妳心靈的眼睛，享受生命！」令我十分詫異，難道她知曉我的追尋嗎？

午後，森帶領我們乘木筏遊湖。是個不規則形狀的湖。湖岸長滿水草，棲息許多野生水鳥。小孩快樂游泳，使我想念夏天的海洋。

在木筏上靜觀日落，長長的憂鬱！

潘在山湖曾問：「什麼都不追尋，包括愛情嗎？」

潘不知在許多年，許多年以後，我終於獨自地進行一趟追尋愛情之旅！

一群人夜宿森的農莊。森的祖母喜歡和我們聊天。

我請問她是否聽說過星星小鎮。

她笑著回答：「星星都在天空的，星星小鎮不就在天空裡嗎？」

我說不是天空的星星小鎮，而是這附近的一個地方，並將旅行者的經歷說給她聽。

她搖搖頭，後來又笑我：「出門旅行就為了找星星，星星不是每天都出來的嗎？除了壞天氣之外。」

是嗎？

她帶我走出門外，說：「看！那不是星星嗎？」

是的，是星星！但只有三、五顆，絕不超過十顆。

我問她就這麼多嗎？

她笑我是一個貪心的女孩，回答：「就這麼多還不夠嗎？」

四月十二日

強一早載我們返回旅館。

我摘下一條絲巾送給森的祖母作為道別之禮。她一再致謝。我知道她很喜歡這個禮物。

返回旅館時，經理很緊張地告訴我，馬來西亞的朋友一再來電，請我速回。電話給男人時，卻沒人接電話。

預定明日的火車票。

要離開高地，有些不捨。除了藝術家之外，我們都準備各奔東西了。有人要到A市尋找親戚，有人準備到B市繼續旅行，有人則要打道回府了……
我要去尋找星星小鎮！

四月十三日

藝術家送我到火車站，告訴我就算找不到星星小鎮也沒關係，他在高地等著我，等他覓到了落腳處，我們可以一起住到他的新房子。他的眼睛充滿動容的深情，他一直是這樣的，不會隱藏自己的情感，對任何人都是如此自然流露。

泰戈爾名言：「從前我們曾夢見，我們都是陌路人，當我們醒來卻發現我們相互親愛著。」

獨自啟程往下一站——沙石。從沙石的地名來看，是否正是旅行者所言「單調灰塵景致」的星星小鎮？

沙石的火車站只是一個簡單的月台，圍幾條木頭柵欄而已。收票員站在柵欄邊上收走了票，只有我一個旅客下車，再沒有其他人了。

我問他附近的旅館在哪兒？

他說只有一家小旅館而已，在鎮上很容易找到。步出火車站，迎面飛沙走石，很符合沙石這個地名。

只有一條黃土路通往鎮上，不時突起的土丘，像蜂巢一樣，受風的侵蝕相當厲害。相當荒涼的街景，這裡的土質貧瘠，種不成植物。走到鎮上只矗立零零落落幾幢瓦屋，看見鎮上唯一的旅館，看起來好不到哪裡！

一切都符合旅行者所敘述的了！

這，就是星星小鎮。

住進旅館，真的是木板隔起的三兩房間。

旅館老闆很訝異我跑到這裡來觀光。

我說：「不是的，我是來看星星的。」

「星星，星星哪裡都可以看得見啊！」旅館老闆更驚訝了！

我問他，「這裡的夜晚不是有好多好多星星，滿天都是，所有鎮上的人都會出來看星星？」

他笑著回答，「沙石鎮只產沙石，哪來的滿天星，當然如果願意的話，一到晚上，誰都可以高興地隨意看星星。」

我又問他，「前一陣子是否有一位中國旅客來住宿過，是個七十歲以上的老人家，男的。」

旅館老闆想了半天，「沒有！」

我請他再想想看！

他接著道，「這個店一年住的旅客不會超過三十個，它其實是個沙石運輸聯絡站，旅館不過是方便來不及返家的運輸工人住宿而已，所以哪些人住過，都很清楚。」

「那麼附近有類似這樣的城鎮嗎?」

他又想了想，肯定地答覆，「就只有這裡了!」

一切都令人沮喪!

不願放棄，耐心地等待天黑，一隻狗在窗外狂吠不已，這兒的蒼涼氣氛連狗也變得充滿敵意。

夜晚終於來臨，我步出室外，抬頭仰望，偌大的天空只有幾顆星星，頂多十來顆，比高地農莊那次看星星的情況好不到哪裡。

那麼真正的星星小鎮在哪裡呢?按照這樣的尋找方式，要找到何時?

當人們只是關心自己賺到多少多少的錢，計算著得失利益的同時，誰會同情一個找不到星星小鎮的人呢?

而那個愛我的男人，還在馬來西亞焦頭爛額著管理他的橡膠樹林。也許那個藝術家，更能體會我目前失望的情緒！
令人難眠。

四月十四日

無風景的沙石鎮，已無心情駐留。一早便收拾行李離去。

我已經失去目標了。

旅行者的星星小鎮想來只是他的夢境。

旅館老闆好心地問，「有一趟載沙石的卡車將前往C市，願不願意同行？」

我想了一下，只要能離開這沙漠地方，沒什麼不可的，便欣然答應。駕駛是旅館老闆的親戚，我稱他班先生。

沙石鎮往C市的路途相當顛簸，班先生是個沉默的人。所以一路上大多是卡車搖晃的聲音。

班先生車開得小心翼翼，深怕我暈車。

班先生的家也在C市，他打破沉默的提醒我，「C市骯髒而凌亂，人群雜居，街巷擁擠，自己一個人千萬要提防扒手，避免喝生水，最好住進一家大旅館比較安全。」

我請教他，「C市再過去是否有城鎮，火車可以通行？」

他回答，「前陣子正好火車失事，在離C市不遠的地方，鐵軌都撞斷了，目前正在搶修中，不過C市人太懶了，做事缺乏效率，還不知道什麼時候可以完全修好，也許要一個月吧！」

「一個月？那交通聯絡怎麼辦？」

班先生聳聳肩，「只能靠公路運輸，每一班破舊的老巴士都擠得像沙丁魚一樣，能不去就儘量避免吧！因為公路偶爾也會遭搶劫。」

我徹底失望了！

當班先生的卡車駛入一處灰鬱領域，遠處雜陳的樓宇林立，我知道那就是

C市了，而我卻極度懷念高地，高地的清新鄉野與古典浪漫，竟像鄉愁一樣襲捲而來。

在一條街上，班先生讓我下車。我向他再三道謝。

C市是一個絕對的慾望城市，它所有的存在只為了滿足物質與感官的無盡挑逗。你可以說它醜陋，也可以說它具有墮落的美感，這看你是否能縱入那個慾海，從中得到絕對的滿足。

商品與性是它主要的販售內容，往往一個大型購物商場的對面，就有好幾家販賣色情的場所，對C市的居民而言，販賣色情與販賣商品是沒有兩樣的，不足為奇。

我已經不知我在這樣的慾望城市所為何來，火車的中斷，使C市成為我這趟旅程的最後一站。

在公園廣場的對面，我找到一家算是最好的旅館。

住進去後，意外的，我生病了！上吐下瀉不已，懷疑自己得了霍亂。

旅館經理緊張地請來醫生看診，結果只是水土不服而已，要我多加休息，不要亂吃東西。

身體相當虛弱，夜裡又起床吐了一次。

真是一場難堪的終局。

四月十五日

繼續躺在三〇四房間！

仍然虛弱！

服務生送來的餐食，一吃就腹瀉。

只能喝少許的水。

四月十六日

電話給藝術家，告訴他我的慘狀。他非常緊張，說來接我返回高地，C市太不乾淨了！

我請他不必麻煩了！臥病床上，已經可以讀書，不再昏睡不止。

萬一我睡死在這個充滿混亂的異域城市，消息會傳回國內的電視新聞畫面上嗎？它會幫我添加多少的花邊色彩？讓我的死成為一則極悲慘而又富戲劇性的非寫實社會新聞，我和那個櫥窗內的模特兒一樣，任人擺佈，卻又展現出誇而不實的情境意喻。

不！我不要睡死在這裡，我要回去。

四月十七日

猜是誰來接我了！

是熊，和我的藝術家朋友。

熊丟下他的橡膠園不顧一切地跑來找我，因為最後一通電話我們沒有連絡上，而後我離開高地，他便失去我的行蹤，昨晚他兼程趕到高地，從森及藝術家那裡得知我的下落，今天一大早便搭強開的牲口卡車一路趕來。

因為身體太虛弱，我的眼淚凍結在眼睛裡，接下來我不用再煩惱什麼，只管讓熊去安排一切。他決定我們先返回高地。

車子搖晃厲害，一度差點休克。總算在傍晚到達卡農旅館，住回原本的房間，才匆匆幾天，便覺恍如隔世。

這一晚，我夢見了無數的星星，漂流成河，它們閃爍著光芒，流向更遠的宇宙深處，我知道，它們是來向我告別。我知道這一切，然後我從夢中醒來，抱著熊，嚎啕痛哭一場，像個脆弱的孩子一樣哭得很傷心，我告訴他：「我一直找不到星星小鎮。」

他什麼話都沒說，安靜地任我哭泣，我的眼淚濕透了他的T恤，都濕成一大片。我從來沒有這樣地痛哭流涕過！

四月十八日

森的祖母來城鎮購物時，特地轉來探望我。如此勞駕八十歲的老祖母，令我不安。她帶來一種親自調配的傳家祕方，要我服下。

奇怪，胃腸真的稍微好轉。

她必定是一位祕密的女巫。她又開始她的讀心術。

她極認真對我說，「星星都在的，雖然有時候會看不見它，但它始終存在的。」

然後用她滿是皺紋的手，神祕的拍拍我的左胸，「它在這裡，在妳的心裡！永遠都不會消失。」

故事已進入尾聲。

後來，我們一起在森的湖濱農莊小住幾天，農莊簡單而寧靜的生活步驟，使我和動物一樣悠閒，也不再執意尋找星星小鎮了！那或許是旅行者的一場夢而已，對於我而言不也是一場夢嗎？我已經明白了真實！

藝術家決定留在這裡，這是他理想的創作場所，而我和熊則啟程返家，這讓森的祖母十分難過，我答應寫信給她，但她看不懂文字，我們決定以圖畫溝通，我相信她看得懂我所要傳達的意思，正如同我明白她所要說的一樣。

森的祖母令我想到潘的祖母，她們一樣擁有年輕而溫柔的眼睛的光芒。

我的城市依然沒有變化，繼續積極努力地建設與繁榮。對這一切我已然釋懷。

某個一夜，橘子、青蛙邀約我前往年輕的海濱，再度品嘗鉛魷魚的滋味，我們都很有默契地沒有談起猴子，其實少了猴子，也不會有什麼遺憾的。

對於橘子而言，能夠找到一個完全的至愛，勝過被兩個以上的男人喜愛，我想，橘子應當是很認同這點！

完全夜黑的海邊，驀地青蛙手指天空另端的山窩，說：「那個星星山窩還是像以前一樣閃閃發亮。」

引起我和橘子的注意！

是的，那一千顆以上的星星仍然停留在山窩裡，像一群無助迷路的星星小孩，眨著眨著迷惑的眼睛，它們聚集在那裡，集體發光，那個星星山窩不正是我遍尋不著的星星小鎮！

我努力追尋半天，星星小鎮卻在我的身邊。

我仍然相信：星星永遠住在真純的世界。一如潘始終活在我的心底，只是我的心靈被眼睛蒙蔽了！沒有發現他仍然對我散發純潔的光芒，不管未來我如何的遭遇，和誰結合，共度生活，他都會給予我最深的祝福。

橘子拉著青蛙和我上車，說：「走吧！我們開車到星星的地方！」

走吧！到星星小鎮。

不要遲疑！年輕就是要快樂。

我再度搭上討厭的波音七四七飛機！要忍受暈機及可能發生的空難。幸好！我已經投了一個巨額保險，並且吃了暈機藥。

在熱帶的馬來西亞，有美麗的海洋、椰林及大片橡膠樹。我的男人在機場等候著我。

不管過去我曾屬於誰，今後，我已屬於男人。

男人一直認為我是他的對象，我一直沒問他為什麼有這樣的以為，或許是一種直覺吧！

男人的直覺會不會是一種錯覺？我們常常活在錯覺之中的，或者好的錯覺總要比壞的錯覺好上一些，可以肯定的是，男人的錯覺是劃分在較好的那一邊。

與一個擅長管理的男人將廝守終生，的確是一項滿大的考驗，我喜歡凌亂的美感，不喜歡嚴謹的秩序。但我想對男人而言，也同樣下了一場很大的賭注，他必須忍受我因今天天氣不好而產生的莫名情緒，他必須忍耐我的語無倫次，他必須做一堆家事……

在流動的生命裡，我們都在進行流動的生活，流動也沒什麼不好，一如星星的遷移。

最後的最後，我又想起潘、橘子、猴子、青蛙、Rose、旅行者、異域朋友、森以及他的祖母……，一張張臉孔浮起，無論是深刻感動過，或只是淺淡之交，都一樣掠去而已，只是奇怪腦袋怎能容納這麼多人的臉的記憶！

陽光燦爛，海洋島嶼就在腳底。

【初版後記】

開始寫星星小鎮

翻著行事曆雜記本，我在找尋一九九一年《尋找星星小鎮》的落筆印象。從十二月翻到十月，從十月繼續往前翻，實在很困難地找，因為整本瑣碎之事，真正要找一件記錄，像是在散亂的線團裡，尋一段失散的線條。

從十月跳過九月、八月、七月直到六月，仍無痕跡，最後又從六月、七月、八月一頁頁看，總算在一九九一年的九月十九日，尋到了線索。

「開始寫星星小鎮。」（最初命名為星星小鎮，後來加上尋找）

很簡單的七個字加上一個句號，再沒有其他任何的字，像是什麼樣的創作動機與寫作心情？

既然如此，就再看看一九九一年九月發生的其他瑣碎之事，看能否找到一點蛛絲馬跡。

都不太特別!!

九月一日——看龍貓錄影帶。

九月二日——看小叮噹錄影帶。

九月四日——產檢，看電影「天倫之旅」。

九月五日——領薪水。

九月十二日——長庚醫院檢查眼睛，**決定放棄一種理想化及規則要求**。

九月十四日——長庚醫院看腦神經。

九月十七日——長庚醫院照腦波。

九月十八日——頭痛。

九月十九日——開始寫星星小鎮。

從以上的記事很容易使讀者產生錯誤的邏輯推論，以為我看了一堆錄影帶，因為是產婦的關係，導致眼睛受損，傷及腦神經，決定放棄自我的堅持，最後還是頭痛，就寫了《星星小鎮》，幸好，我領到了薪水，可以去看醫生。

事實上，那是各個不同的事件，陸續巧妙地一一發生。而用這種片段式的敘述形式，組合成一部小說，我想，留給讀者的幻想空間是更大的。

《星星小鎮》確實的完成日期，就很清楚（因為寫在稿紙上），是一九九二年十月二十二日，總共花了一年一個多月的時間在「尋找」，所以完整命名為《尋找星星小鎮》，而那時，我的Baby已經快滿周歲了！

這期間的變化是，我由雙十年華正式跨入三十年紀；並從一名少婦升格為母親了！

三十歲的女人，對於得失已經不太在意了，因為得到很多，也失去很多。許多人、許多事，不小心都用一塊橡皮擦，擦去了！變成一片空白的生命，像是一張沒有藏寶地點與路線指標的藏寶圖，要讓人憑空去琢磨意思。

接著，回到真正關於星星的話題。

我的丈夫的家鄉是一個很中國鄉下的地方。灰塵特別多，經常要吃滿嘴的灰，風又特別大，好像是全世界的風都跑來這裡，很單調、無風景的一個鳥不生蛋之處！

有一晚，我們外出，很令人震撼的是——白天難看的街景，都隱入完全黑的布景中，消失了！而天空滿滿的、滿滿的都是耀眼的星光。

北斗七星啊！還有許多叫不出名字的星辰，每一顆都閃閃動人。

之後，好幾次夜間，我們都出外看星星，覺得是一場奇蹟之美。

大概是這樣的感動吧！使我想把這樣看星星的樂趣分享給大家，它讓我想及年輕的流星雨海邊，以及北橫、中橫那些美麗的山間之夜……

只是很可惜，在台北灰濛濛、難得清澈的天幕中，我們早已失去了天空，更別提星星了！至於所謂環保危機、社會病態等等嚴肅的命題，像一首首絕望的抒情搖滾，再談唱下去，恐怕得再看一次腦神經科。

最後感謝潘先生，每次趕稿時，他要做一堆家事，帶小孩，並且校對我的錯別字。

在黑的夜，在天空的某處，有一千顆、一萬顆、一億顆以上的星星，始終在發光！我相信它們也在我們的真純心靈之中，散發光芒。

——寫於一九九三年八月十五日

【再版後記】

再唱小星星的歌

我不記得生命中第一次看見滿天的星星，是怎樣的心情？對於地球的人類而言，星星是一種宇宙的夢想。喜歡星星的人必定是一個充滿想像力，並具備神祕傾向的人。我自己有好幾次特別的觀星經驗，非常震撼心靈。在拉拉山，惠蓀農場，和中山陵的梧桐山林，以及江南的水杉鄉下。都是遠離城市之地。

一九九三年《尋找星星小鎮》出版之際。一如書中的「我」遠赴異國尋找屬於純潔之地的星星小鎮。我亦離開台北，和我的丈夫、女兒暫住在南京中山陵的山間。

山裡有綿延的綠黛成林，除了梧桐樹以外，巨大雪松和榆樹、臘梅、冬青等等林木包裹住整個偌大中山陵。春天的早晨猶沁涼冷冽，屋頂還結凍著昨夜的霜連成一串；夏天的顏色是翠綠的，水榭湖池蓮荷盛放，夜是藍空掛一彎彎新月；秋天，葉轉黃落地，山色最繽紛，雜陳金黃、橙紅與暗綠種種顏色，靈谷寺的金桂花開得滿山馨香，散放一種迷人醉倒的氣息。冬天，卻是我最愛的，紛飛的雪，將大地罩上一層白皙，空氣裡充滿絕對冷的溫度，和凋零的徹底之美。

我記得，一九九三年冬天十二月初之際，第一場雪下下來。我與丈夫一大早方才送走女兒，由丈夫妹妹先帶返到較溫暖的上海。南京的夏熱冬冷是有名的。第一場雪下下來，我搬一張凳子坐在門口屋簷下看著漫天飛舞的雪細柔柔地飄著。大地都凝凍了，結了冰，連水龍頭輸送的水管也凍住了，需要用熱水去澆，才能化開。雪還不是那種鵝毛般的大雪，而是雪珠，遇到地面變成水的。但持續飄著，沒有停。朋友郭屹這時在市區裡沒事，便轉到東郊中山陵來找我們玩耍。之前我們曾信口隨意說著下第一場雪時，一起去爬紫金山，爬到山頂。朋友這次來，未料到第一場雪竟真的下起來了。

起初還猶豫著，沒有全副武裝的穿戴，後來拼拼湊湊，向人借來綠軍衣（當時一般大陸人普遍穿著），幾雙雨鞋，裝扮得十足Local，便就朝紫金山頂前進。一路上小雪伴隨我們，整個偌大的山間僅我們三人步伐窸窣著。從靈谷寺側旁的山徑開始，便是真的爬在石岩上了。隨著高度，地面的堆雪逐次加深，總算到達山頂時，發現山頂早已完全被雪著落，四下白皚皚的一片。樹林間的各樹枝上均是雪落下被風吹往同一方向的雪刷子，很美。我的外衣被雪浸濕了，朋友則站在一塊頂岩上，擺出征服者的Pose拍照留念。

印象深刻的還有後來某一天近午，我和丈夫要到市區購物，步往中山陵九路公車站牌的山路途中，遇見東新村農人飼養的狼狗美琪。美琪跟我們很熟悉，牠露著舌頭，哈著氣，尾隨我們身後，以為我們會帶牠去玩。走到站牌時，公車已經等在那裡了，那隻龐大的狼狗也跟著要上車。

我叫牠：「下車，下車，美琪，回家去。」美琪闖了好幾次，人家不給牠上車，便識相地離開。在地面結冰、結成一片像溜冰場的廣場上，美琪溜冰似的滑了幾跤，卻像發現什麼新遊戲似的大聲吠叫著，歡快舞蹈。是的，從我濛濛車窗中的一塊抹去水氣的玻璃看去，我看見美琪那隻狼犬，正像孩子一樣，玩瘋了，快樂地舞蹈。車子要開走時，我還打開車窗，在冷風中大喊，「美琪，快回家。」

有太多清新的回憶留在那一片山林。包括騎腳踏車騎在凹凸不平的田埂路和泥土山路上，中途還得下車，抬一段路，上上下下，經過一個清澈的小湖，只為到孝陵衛買半隻鴨肉；以及黃昏的散步，天即將闇暗之際，看見一隻猶似狐的渾身金黃毛動物快速竄在林間，迅即消失……

一九九五年春，我們舉家返回基隆。回到我年輕的海濱。回到與社會的互動，朝九晚五、狹隘空間的都會生活中。在一個個城市建築的框箱與框箱之間流動，與眾人一起呼吸著中央空調傳來的二手空氣。重新回我的編輯生涯，為物質的一切而努力工作著。

《尋找星星小鎮》說要再版已經很久了，這期間經歷世事更迭，以及一顆想自由的心終於接受了安定。我很高興《尋找星星小鎮》能夠再版，我換了一個筆名，以區別我的工作和我的創作兩者之間截然不同的心情。再版的序中，我特意提及那兩年遊牧式的生活的一些些片段。

當我在枯燥的繁瑣生活中，被垃圾的平凡之事淹沒我心的浪漫思潮。我的另一雙眼睛又帶領我回到那個寧謐山林，屬於「星星小鎮」所象徵的純潔之地。然後，我重又鮮活過來，對生命充滿幻想。雖然我不知道什麼時候，再有一次機會回到那裡生活著，呼吸著。但是，在我的心中，它早已化為另一個「星星小鎮」。

——寫於一九九七年六月十五日

【三版後記】

尋找──星星小鎮

最早，一九九一年的創作期間，這部小說是以《星星小鎮》為題，開展一段青春告白式的故事。雖以愛情為出口，卻是一次關於愛與希望的追尋過程。

後來一九九二年初版出書之際，因某種編輯上的理由，易名為《尋找星星小鎮》，許多年來便如此以「尋找星星小鎮」之名與讀者交集互動。如今際遇流轉，小說隨著作者進入了人生的新旅程，而由麥田出版公司以全新的包裝改版推出，作者除了修訂部分的情節內容，讓它呈現年歲而後的觀點外，最重要是將書名更正為《星星小鎮》。

這麼做的理由是因為體悟到生命更深一層的意涵，我們的存在不是為了尋找一個目標，而是存在的真實本身。亦即我們的存在即是一個星星小鎮，而不是去尋找星星小鎮。

到了前中年期之際，我已經非常厭倦「尋找」，雖然分明知道許多人生的體悟必須透過尋找才能獲得，應該說，我已經非常厭倦追逐目標，當我達到許多的目標之後，我只是得到一個個虛假的自我，然後再奔足向下一個目標，以證明另一個自我——反覆無止的永劫回歸。

星星永遠都在的，它在我們的心中。

無論如何，不管你是誰，年紀有多大，請記住這句話，星星永遠在你的心中，綻放光芒，不要被世故或外在物質淹沒你的真純之心。肉體會死，繁華轉眼雲消，只有星星永遠存在，那是你無染的心識，請你要發揚它。

二〇〇一年一月底，中國年跨歲前兩天，我沿著台灣海岸線開始一次公路旅行，要在一星期內環繞台灣島一圈。車子經過一幕幕年輕海濱的發生場景，風吹的長堤、龐然的大海與小小孤立的島嶼，鉛魷魚燃起的焦味猶然在燒……

清晨五點鐘，日出拂曉光影已翻躍在海上，所有的絢爛顏彩逐次漸染穹蒼，天空帶著一種黑濛中欲爭而出的奇異亮光，連海洋也斑駁輝映。

當車子順公路弧度轉一個大彎，和久違的山間九份點點如華麗彩星的城鎮燈火不期而遇，我不禁啞口失言，無數著落山窩的星星燈火，與天空、海面幻妙的天光交織成無以比擬的世紀絕色，令人難以置信。

原來星星小鎮還仍然存在，並未在麥當勞帶動的速食文化中消失，亦未隨《悲情城市》引來龐大觀光潮而淹沒，雖然有些真樸的特質或許已被標籤商業化了。而最美的瞬間竟然不是發生在黑夜時刻，是在拂曉，世界開始運轉的第一刻。

我記起我的寂寞青春，聽見最初的盼望與嘆息，感覺十歲的我，二十歲的我，三十歲的我如何的內心怦然跳動，我的許多的追求，然後豁然開朗地笑了！

雖然我還是有點迷惑於死亡，不知死去後的靈魂將游向於何方？是一場如大象塚的集合場面，或是到星星所在的地方……。但至少我已懂得和逝世的過去溫和地說再見，就像小說中的「我」與「潘」之間的終局。對於生命美好的執著往往較諸對醜壞境界的厭惡，來得更難離捨，更難拋卻，這也是於今才深刻明瞭的道理，而要真實覺悟到浮生若夢，不知又該何年哪月。

對於生命的所有付出與回收，很難用一支尺明確地計算出得失，雖然我們一再被訓練成要有一個精明幹練的猴腦袋，等到猴子長大成人之後，終才發現所有懷有偉大夢想的年輕人，到後來都只是一個平凡的職員，平凡的丈夫或妻子，度著平凡的人生……

這就是我們的遭遇——但，別嘆氣！請大聲歡賀。在平凡裡，我們終可以鬆一口氣，不被可怕的偉大夢想壓得喘不過氣來。享受著平凡真是老天賜予的恩澤，我們不必再急於迎頭趕上，害怕落後。

在Vicki Mackenzie所著的《*Reincarnation: The Boy Lama*》（轉世）一書中，這位在飽歷人生豐富經歷，享受過成功滋味的英國女記者，當世俗榮華已失去新鮮勁而內在仍舊貧乏欠缺之際，她去到尼泊爾與西藏喇嘛相遇，突然明白這就是她存在的意義，一種相信自己做對一件正確事情的奇特意念盈滿她心，應該說她回到了家。

你在家嗎？你在星星小鎮嗎？我走了漫長的一段路，千里跋涉，帶著紛亂的心，多感的情緒，終於我未尋找到表象上的星星小鎮，我只找到疲憊不堪的自己，當我放下一切，讓事物順其自然地發生，突然一個不經意之間，真實的星星小鎮終於出現！如果你能明白人生的種種並非斤斤計較就能獲得，而是一種意外般的隨喜，你就能真正的釋懷，不再執迷不悟。

初版後記中，有兩行話可以留下做為結束：

「在黑的夜，在天空的某處，有一千顆、一萬顆、一億顆以上的星星，始終在發光！我相信它們也在我們的眞純心靈之中，散發光芒。」

——寫於二〇〇一年五月《星星小鎮》三版出版前夕

國家圖書館出版品預行編目資料

尋找星星小鎮 / 鄭栗兒著
—— 初版 —— 臺中市：好讀，2016.11
面；　公分，——（典藏經典；97）

ISBN 978-986-178-401-4（平裝）

857.57　105018476

好讀出版

典藏經典 97

尋找星星小鎮

作　　者／鄭栗兒
繪　　圖／Ms. David（插畫）、李中萬（物件）
總 編 輯／鄧茵茵
文字編輯／簡伊婕
美術編輯／廖勁智
內頁編排／王廷芬
打　　字／張筱媛
行銷企畫／劉恩綺
發 行 所／好讀出版有限公司
臺中市 407 西屯區何厝里 19 鄰大有街 13 號
TEL:04-23157795　FAX:04-23144188
http://howdo.morningstar.com.tw
（如對本書編輯或內容有意見，請來電或上網告訴我們）
法律顧問／陳思成律師

戶名：知己圖書股份有限公司
劃撥專線：15060393
服務專線：04-23595819 轉 230
傳真專線：04-23597123
E-mail：service@morningstar.com.tw
如需詳細出版書目、訂書、歡迎洽詢
晨星網路書店 http://www.morningstar.com.tw

印　　刷／上好印刷股份有限公司 TEL:04-23150280
初　　版／西元 2016 年 11 月 1 日
定　　價／260 元
如有破損或裝訂錯誤，請寄回臺中市 407 工業區 30 路 1 號更換（好讀倉儲部收）

Published by How Do Publishing Co., Ltd.
2016 Printed in Taiwan

ISBN 978-986-178-401-4

讀者回函

只要寄回本回函，就能不定時收到晨星出版集團最新電子報及相關優惠活動訊息，並有機會參加抽獎，獲得贈書。因此有電子信箱的讀者，千萬別吝於寫上你的信箱地址

書名：尋找星星小鎮

姓名：______________ 性別：□男 □女　生日：____年____月____日

教育程度：____________________________

職業：□學生 □教師 □一般職員 □企業主管

□家庭主婦 □自由業 □醫護 □軍警 □其他________________________

電子郵件信箱（e-mail）：__________________________ 電話：__________________

聯絡地址：□□□ ____

你怎麼發現這本書的？

□書店 □網路書店（哪一個？）____________________ □朋友推薦 □學校選書

□報章雜誌報導 □其他____

買這本書的原因是：____

□內容題材深得我心 □價格便宜 □封面與內頁設計很優 □其他______________

你對這本書還有其他意見麼？請通通告訴我們：

____

你買過幾本好讀的書？（不包括現在這一本）

□沒買過 □ 1 ～ 5 本 □ 6 ～ 10 本 □ 11 ～ 20 本 □太多了

你希望能如何得到更多好讀的出版訊息？

□常寄電子報 □網站常常更新 □常在報章雜誌上看到好讀新書消息

□我有更棒的想法____

最後請推薦五個閱讀同好的姓名與 E-mail，讓他們也能收到好讀的近期書訊：

1. ____

2. ____

3. ____

4. ____

5. ____

我們確實接收到你對好讀的心意了，再次感謝你抽空填寫這份回函

請有空時上網或來信與我們交換意見，好讀出版有限公司編輯部同仁感謝你！

好讀的部落格：http://howdo.morningstar.com.tw/

好讀的臉書粉絲團：http://www.facebook.com/howdobooks

請填妥後對折黏貼，直接投郵即可，無須貼郵票。

廣告回函
臺灣中區郵政管理局
登記證第 3877 號
免貼郵票

好讀出版有限公司　編輯部收

407 臺中市西屯區何厝里大有街 13 號

電話：04-23157795-6　傳真：04-23144188

沿虛線對折

購買好讀出版書籍的方法：

一、先請你上晨星網路書店http://www.morningstar.com.tw檢索書目或直接在網上購買

二、以郵政劃撥購書：帳號15060393 戶名：知己圖書股份有限公司並在通信欄中註明你想買的書名與數量

三、大量訂購者可直接以客服專線洽詢，有專人為您服務：客服專線：04-23595819轉230 傳真：04-23597123

四、客服信箱：service@morningstar.com.tw

在黑的夜
在天空的某處
有一千顆、一萬顆、一億顆
以上的星星，始終在發光！